——————阅读之前 没有真相

午 夜 文 库

阿加莎·克里斯蒂

***其他系列及非系列***

**阿加莎·克里斯蒂**

Agatha Christie（1890—1976）

无可争议的侦探小说女王，侦探文学史上最伟大的作家之一。

阿加莎·克里斯蒂原名为阿加莎·玛丽·克拉丽莎·米勒，一八九〇年九月十五日生于英国德文郡托基的阿什菲尔德宅邸。她几乎没有接受过正规的教育，但酷爱阅读，尤其痴迷于歇洛克·福尔摩斯的故事。

第一次世界大战期间，阿加莎·克里斯蒂成了一名志愿者。战争结束后，她创作了自己的第一部侦探小说《斯泰尔斯庄园奇案》。几经周折，作品于一九二〇年正式出版，由此开启了克里斯蒂辉煌的创作生涯。一九二六年，《罗杰疑案》由哈珀柯林斯出版公司出版。这部作品一举奠定了阿加莎·克里斯蒂在侦探文学领域不可撼动的地位。之后，她又陆续出版了《东方快车谋杀案》《ABC 谋杀案》《尼罗河上的惨案》《无人生还》《阳光下的罪恶》等脍炙人口的作品。时至今日，这些作品依然是世界侦探文学宝库里最宝贵的财富。根据她的小说改编而成的舞台剧《捕鼠器》，已经成为世界上公演场次最多的剧目；而在影视改编方面，《东方快车谋杀案》为英格丽·褒曼斩获奥斯卡大奖，《尼罗河上的惨案》更是成为几代人心目中的经典。

阿加莎·克里斯蒂的创作生涯持续了五十余年，总共创作了八十余部侦探小说。她的作品畅销全世界一百多个国家和地区，累计销量已经突破二十亿册。她创造的小胡子侦探波洛和老处女侦探马普尔小姐为读者津津乐道。阿加莎·克里斯蒂是柯南·道尔之后最伟大的侦探小说作家，是侦探文学黄金时代的开创者和集大成者。一九七一年，英国女王授予克里斯蒂爵士称号，以表彰其不朽的贡献。

一九七六年一月十二日，阿加莎·克里斯蒂逝世于英国牛津郡沃灵福德家中，被安葬于牛津郡的圣玛丽教堂墓园，享年八十五岁。

# 阿加莎·克里斯蒂 侦探作品年表

## 波洛系列

1920 The Mysterious Affair at Styles《斯泰尔斯庄园奇案》
1923 Murder on the Links《高尔夫球场命案》
1924 Poirot Investigates《首相绑架案》
1926 The Murder of Roger Ackroyd《罗杰疑案》
1927 The Big Four《四魔头》
1928 The Mystery of the Blue Train《蓝色列车之谜》
1932 Peril at End House《悬崖山庄奇案》
1933 Lord Edgware Dies《人性记录》
1934 Murder on the Orient Express《东方快车谋杀案》
1935 Three-Act Tragedy《三幕悲剧》
1935 Death in the Clouds《云中命案》
1936 The ABC Murders《ABC 谋杀案》
1936 Murder in Mesopotamia《古墓之谜》
1936 Cards on the Table《底牌》
1937 Dumb Witness《沉默的证人》
1937 Death on the Nile《尼罗河上的惨案》
1937 Murder in the Mews《幽巷谋杀案》
1938 Appointment with Death《死亡约会》
1938 Hercule Poirot's Christmas《波洛圣诞探案记》
1940 Sad Cypress《H 庄园的午餐》
1940 One, Two, Buckle My Shoe《牙医谋杀案》
1941 Evil Under the Sun《阳光下的罪恶》
1943 Five Little Pigs《五只小猪》
1946 The Hollow《空幻之屋》
1947 The Labours of Hercules《赫尔克里·波洛的丰功伟绩》
1948 Taken at the Flood《致命遗产》
1952 Mrs. McGinty's Dead《清洁女工之死》
1953 After the Funeral《葬礼之后》
1955 Hickory Dickory Dock《山核桃大街谋杀案》
1956 Dead Man's Folly《弄假成真》
1959 Cat Among the Pigeons《鸽群中的猫》
1960 The Adventure of the Christmas Pudding《雪地上的女尸》

1963 The Clocks《怪钟疑案》

1966 Third Girl《第三个女郎》

1969 Hallowe'en Party《万圣节前夜的谋杀》

1972 Elephants Can Remember《大象的证词》

1974 Poirot's Early Stories《蒙面女人》

1975 Curtain—Poirot's Last Case《帷幕》

**马普尔小姐系列**

1930 The Murder at the Vicarage《寓所谜案》

1932 The Thirteen Problems《死亡草》

1942 The Body in the Library《藏书室女尸之谜》

1943 The Moving Finger《魔手》

1950 A Murder Is Announced《谋杀启事》

1952 They Do It with Mirrors《借镜杀人》

1953 A Pocket Full of Rye《黑麦奇案》

1957 4.50 from Paddington《命案目睹记》

1962 The Mirror Crack'd from Side to side《破镜谋杀案》

1964 A Caribbean Mystery《加勒比海之谜》

1965 At Bertram's Hotel《伯特伦旅馆》

1971 Nemesis《复仇女神》

1976 Sleeping Murder《沉睡谋杀案》

1979 Miss Marple's Final Cases《马普尔小姐最后的案件》

**其他系列及非系列**

1922 The Secret Adversary《暗藏杀机》

1924 The Man in the Brown Suit《褐衣男子》

1925 The Secret of Chimneys《烟囱别墅之谜》

1929 Partners in Crime《犯罪团伙》

1929 The Seven Dials Mystery《七面钟之谜》

1930 The Mysterious Mr. Quin《神秘的奎因先生》

1931 The Sittaford Mystery《斯塔福特疑案》

1933 The Witness for the Prosecution《控方证人》

1934 Why Didn't They Ask Evans?《悬崖上的谋杀》

1934 The Listerdale Mystery《金色的机遇》

## 阿加莎·克里斯蒂 侦探作品年表

1934　Parker Pyne Investigates《惊险的浪漫》

1939　Murder Is Easy《逆我者亡》

1939　And Then There Were None《无人生还》

1941　N or M?《桑苏西来客》

1944　Towards Zero《零点》

1945　Sparkling Cyanide《死亡的怀念》

1945　Death Comes as the End《死亡终局》

1949　Crooked House《怪屋》

1950　Three Blind Mice and Other Stories《三只瞎老鼠》

1951　They Came to Baghdad《他们来到巴格达》

1954　Destination Unknown《地狱之旅》

1958　Ordeal by Innocence《奉命谋杀》

1961　The Pale Horse《灰马酒店》

1967　Endless Night《长夜》

1968　By the Pricking of My Thumbs《煦阳岭的疑云》

1970　Passenger to Frankfurt《天涯过客》

1973　Postern of Fate《命运之门》

1997　While the Light Lasts《灯火阑珊》

# 出版前言

纵观世界侦探文学一百七十余年的历史，如果说有谁已经超脱了这一类型文学的类型化束缚，恐怕我们只能想起两个名字——一个是虚构的人物歇洛克·福尔摩斯，而另一个便是真实的作家阿加莎·克里斯蒂。

阿加莎·克里斯蒂以她个人独特的魅力创造了侦探文学史上无数的传奇：她的创作生涯长达五十余年，一生撰写了八十余部侦探小说；她开创了侦探小说史上最著名的"黄金时代"；她让阅读从贵族走入家庭，渗透到每个人的生活中；她的作品被翻译成一百多种文字，畅销全球一百五十余个国家，作品销量与《圣经》《莎士比亚戏剧集》同列世界畅销书前三名；她的《罗杰疑案》《无人生还》《东方快车谋杀案》《尼罗河上的惨案》都是侦探小说史上的经典；她是侦探小说女王，因在侦探小说领域的独特贡献而被册封为爵士；她是侦探小说的符号和象征。她本身就是传奇。沏一杯红茶，配一张躺椅，在暖暖的阳光下读阿加莎的小说是一种生活方式，是惬意的享受，也是一种态度。

午夜文库成立之初就试图引进阿加莎的作品，但几次都与版权擦肩而过。随着午夜文库的专业化和影响力日益增强，阿加莎·克里斯蒂的版权继承人和哈珀柯林斯出版公司主动要求将版权独家授予新星出版社，并将阿加莎系列侦探小说并入午夜文库。这是对我们长期以来执着于侦探小说出版的褒奖，是对我们的信任与鼓励，更是一种压力和责任。

新版阿加莎·克里斯蒂作品由专业的侦探小说翻译家以最权威的英文版本为底本，全新翻译，并加入双语作品年表和阿加莎·克里斯蒂家族独家授权的照片、手稿等资料，力求全景展现“侦探女王”的风采与魅力。使读者不仅欣赏到作家的巧妙构思、离奇桥段和睿智语言，而且能体味到浓郁的英伦风情。

阿加莎作品的出版是一项系统工程，规模庞大，我们将努力使之臻于完美。或存在疏漏之处，欢迎方家指正。

新星出版社

午夜文库编辑部

# Agatha Christie

Over the next few years, we plan to celebrate two very important Agatha Christie anniversaries. In 2015, it is the 125th anniversary of her birth in Torquay, South Devon, England, and in 2020 it will be 100 years after her first book, THE MYSTERIOUS AFFAIR AT STYLES, featuring her famous detective, Hercule Poirot, was published. This is therefore a very appropriate moment to publish a new edition of her works, and I am delighted that HarperCollins has chosen to work with New Star on these new editions. New Star is China's top crime publisher, and has a strong and dedicated editorial staff and a confirmed passion for Agatha Christie, making them the ideal partner. It is the right time to make these classic books available in modern translations and so to bring Agatha Christie's books anew to her many fans in China, giving them a new reason to re-read these much-loved stories, as well as introducing them to a whole new audience. How delighted Agatha Christie would have been that her stories (as she called them) are still giving so much pleasure to so many people all over the world!

I think there are two very remarkable things about Agatha Christie's stories. The first is that they are so adaptable. It doesn't really matter which language they appear in, the stories and the plots still give the same thrill, still provide the same puzzles, and the characters still have the same attraction. Readers in China will I am sure enjoy Hercule Poirot and Miss Marple just as much as we do in England, and readers in China will still be transfixed by the surprises and horrors of AND THEN THERE WERE NONE, one of the great classics of 20th century detective fiction, as we are here.

# Agatha Christie

The second is that the stories give a wonderful picture of England, particularly rural England, at the time Agatha Christie lived. She wrote books from 1920 until 1970 but it is sometimes hard to tell which part of her life each book was written in. Her characters and the life they lived were very much the same. The life we all live is changing very quickly these days but "the Agatha Christie world stays the same." Perhaps the Miss Marple stories provide the best example of this, and in some ways THE BODY IN THE LIBRARY and NEMESIS are quite similar, despite the fact that thirty years elapsed between the time they were written.

Perhaps I might end by mentioning three Agatha Christies (other than the ones mentioned above) which I think demonstrate why she is so popular, even in the twenty-first century. The first is MURDER ON THE ORIENT EXPRESS, one of the most famous with one of the most ingenious and human plots. Read this on one of your long train journeys in China! Next is A MURDER IS ANNOUNCED, a Miss Marple which was her 50th book. It has my favourite murderer in it! And last is ENDLESS NIGHT a story about evil and how it affects three young people, written at the time when I knew her best, and understood how deeply she cared and sympathised with young people and the world they lived in.

Whichever are your favourites I hope you enjoy these stories that New Star are introducing to you again. I think it is a great publishing event.

Mathew Prichard

Grandson of Agatha Christie

Chairman of Agatha Christie Ltd

# 致中国读者

（午夜文库版阿加莎·克里斯蒂作品集序）

在接下来的几年中，我们一直在筹备两个非常重要的关于阿加莎·克里斯蒂的纪念日。二〇一五年是她的一百二十五岁生日——她于一八九〇年出生于英格兰的托基市；二〇二〇年则是她的处女作《斯泰尔斯庄园奇案》问世一百周年的日子，她笔下最著名的侦探赫尔克里·波洛就是在这本书中首次登场。因此新星出版社为中国读者们推出全新版本的克里斯蒂作品正是恰逢其时，而且我很高兴哈珀柯林斯选择了新星来出版这一全新版本。新星出版社是中国最好的侦探小说出版机构，拥有强大而且专业的编辑团队，并且对阿加莎·克里斯蒂的作品极有热情，这使得他们成为我们最理想的合作伙伴。如今正是一个良机，可以将这些经典作品重新翻译为更现代、更权威的版本，带给她的中国书迷，让大家有理由重温这些备受喜爱的故事，同时也可以将它们介绍给新的读者。如果阿加莎·克里斯蒂知道她的小故事们（她这样称呼自己的这些作品）仍然能给世界上这么多人带来如此巨大的阅读享受，该有多么高兴啊！

我认为阿加莎·克里斯蒂的作品有两个非常重要的特征。首先它们是非常易于理解的。无论以哪种语言呈现，故事和情节都同样惊险刺激，呈现给读者的谜团都同样精彩，而书中人物的魅力也丝毫不受影响。我完全可以肯定，中国的读者能够像我们英格兰人一样充分享受赫尔克里·波洛和马普尔小姐带来的乐趣；中国读者也会和我们一样，读到二十世纪最伟大的侦探经典作品——比如《无人生还》——的时候，被震惊和恐惧牢牢钉在原地。

第二个特征是这些故事给我们展开了一幅英格兰的精彩画卷，特别是阿加莎·克里斯蒂那个年代的英格兰乡村。她的作品写于上世纪二十年代至七十年代间，不过有时候很难说清楚每一本书是在她人生中的哪一段日子里写下的。她笔下的人物，以及他们的生活，多多少少都有些相似。如今，我们的生活瞬息万变，但“阿加莎·克里斯蒂的世界”依旧永恒。也许马普尔小姐的故事提供了最好的范例：《藏书室女尸之谜》与《复仇女神》看起来颇为相似，但实际上它们的创作年代竟然相差了三十年。

最后，我想提三本书，在我心目中（除了上面提过的几本之外）这几本最能说明克里斯蒂为什么能够一直受到大家的喜爱。首先是《东方快车谋杀案》，最著名，也是最机智巧妙、最有人性的一本。当你在中国乘火车长途旅行时，不妨拿出来读读吧！第二本是《谋杀启事》，一个马普尔小姐系列的故事，也是克里斯蒂的第五十本著作。这本书里的诡计是我个人最喜欢的。最后是《长夜》，一个关于邪恶如何影响三个年轻人生活的故事。这本书的写作时间正是我最了解她的时候。我能体会到她对年轻人以及他们生活的世界关心至深。

现在新星出版社重新将这些故事奉献给了读者。无论你最爱的是哪一本，我都希望你能感受到这份快乐。我相信这是出版界的一件盛事。

阿加莎·克里斯蒂外孙

阿加莎·克里斯蒂有限责任公司董事长

马修·普理查德

二〇一三年二月二十日

阿加莎·克里斯蒂侦探作品集㊽

# 意外来客*

*The Unexpected Guest*

Agatha Christie®

（英）阿加莎·克里斯蒂 著

邹文慧 译

新 星 出 版 社 NEW STAR PRESS

* 本书是查尔斯·奥斯本根据阿加莎·克里斯蒂原创剧本改编的同名小说。

## 出场人物

| | |
|---|---|
| 迈克尔 · 斯塔克韦瑟 | 工程师，意外来客 |
| 理查德 · 沃里克 | 职业猎人 |
| 劳拉 · 沃里克 | 理查德的妻子 |
| 亨利 · 安吉尔 | 理查德的管家兼贴身男仆 |
| 班尼特小姐（本尼） | 管家兼秘书 |
| 贾恩 · 沃里克 | 理查德同父异母的弟弟 |
| 沃里克老夫人 | 理查德的母亲 |
| 朱利安 · 法勒 | 少校，竞选议员 |
| 托马斯探长 | |
| 卡德瓦拉德警官 | |

# 第一章

十一月的夜晚，寒风刺骨。时近午夜，薄雾轻笼。南威尔士一条窄小的乡村公路此刻漆黑一团，在雾气中若隐若现。不远处是布里斯托海峡，令人忧郁的雾角每隔几分钟就响一次。偶尔，远处会传来狗叫声和夜莺的悲鸣声。路边少有房子，比乡间小路好不到哪儿去，大约半英里远，能见到零星几栋房子。这条路绵延伸展，有好几个拐弯处漆黑无比。一辆车在其中一处停住了，旁边有一栋三层楼宅，格调非凡，还带有宽敞的花园。那辆车子的前轮卡在路边的水沟里，加速两三次后，车子依然出不来。司机大概想再试也没用，也就熄了引擎。

一两分钟过去，司机从车里出来，“砰”的一声关上车门。他身材略显结实，头发有些黄，看着约莫三十五岁，一身粗呢套装，外头套了一件深色大衣，头戴一顶帽子，户外风格的装扮。他拿着手电，小心翼翼地摸索着路面，穿过草坪，向房子走去。中途他停下来，打量了一会儿面前这栋雅致的十八世纪建筑。男人走近房子一侧的落地窗，屋里一片漆黑。回头看了看穿过的草坪和马路之后，他径直走到落地窗前，双手贴拢在玻璃上，朝屋里瞧了瞧。他看不清屋里的动静，于是敲了敲窗户，没人回应。等了一会儿，他又敲了敲，声音更大了些。男人意识到这样敲窗户并没什么用，于是他拧了拧把手，窗户突然打开了，他一头跌进黑暗中。

进了房间，他再次停下来，像是在辨别房里的动静。“你好，”他叫道，“有人在吗？”他打开手电照着周围，发现这是一间陈设考究的书房，墙上的书架摆满书籍。书房中央，一位英俊的中年男子坐在轮椅上，面朝落地窗，膝盖上铺着一块毯子，似乎在椅子上睡着了。“噢，你好，”闯进屋子的人说道，“我不是想吓您，实在对不起。外头雾太大，我车子开偏了，现在车子卡在路边水沟里，我都不知道自己在哪里。噢，窗户还开着，真的很抱歉。”男子边道歉边移动着，最后走回落地窗边，关了窗户。“我一定是偏离主路了，”他解释道，“这些车道乱七八糟的，绕得我开了不止一个小时。”

没人回应。“你睡着了吗？”闯进屋子的人再次转身面对着轮椅上的男人，问道。仍然没有回音。于是他拿手电去照轮椅上男人的脸，突然停下来。椅子上的人没有睁眼，一动不动。闯进来的男子俯身过去，碰了碰男人的肩膀，想要叫醒他，可那人的身体却瘫倒在轮椅上，蜷成一团。“上帝啊！”男子拿着手电喊道。他瞬间怔住了，似乎不知下一步该怎么办。之后他左右晃着手电照着房间，发现房门边有灯的开关，于是穿过房间，打开开关。

书桌上的灯亮了。闯入者把手电放在桌子上，一边紧盯着轮椅上的男人，一边围着他踱步。男子注意到另一扇房门边也有一个电灯开关，他径直走过去，打开开关，两张茶几上陈设的精致的灯亮了。他朝轮椅上的男人走近一步，突然大吃一惊，因为他这才发现一位金发女郎也在房内。她大约三十岁，魅力十足，穿着一件小礼服，外头是一件配套的夹克，她站在房间另一侧布满书籍的壁龛前。她两手垂着，不动，也不说话，仿佛也不在呼吸。他们凝视着彼此，片刻的沉默后，男人说话了。“他，他死了！”他大声说道。

女人面无表情，回答道：“是的。”

“你已经知道了？”男人问道。

“是的。”

男人小心翼翼地靠近轮椅上的男子，说道：“他中枪了，一枪爆头。是谁干的？”

女人慢慢地抬起先前藏在衣服褶皱里的右手，男人愣住了，她手里拿着一把左轮手枪。男人猛吸一口气，但她似乎并非在威胁他，他走近那女人，轻轻地把枪拿开。“是你开的枪？”他问道。

“是的。”女人略顿了一下，说道。

男人从她身边走开，把枪放在轮椅旁的桌子上。有那么一会

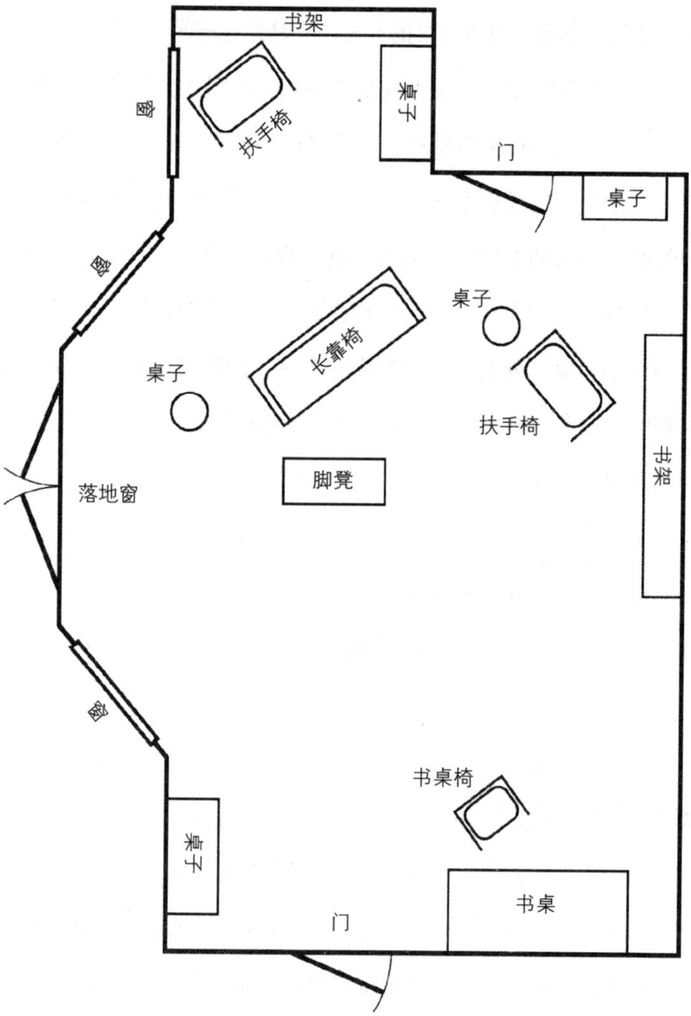


书房示意图

儿，他就站在那里，看着尸体，之后犹豫着扫视整个房间。

“电话在那边。”女人朝书桌抬了抬下巴，示意道。

“电话？”男人附和道，似乎吓了一跳。“如果你是想报警的话。”女人继续说道，语气冷淡，面无表情。

陌生人盯着她，像是要看穿她。“再等几分钟也无妨。”他说道，“这样的大雾天，警察过来得花不少工夫。我想了解更多——”他突然停下，看向尸体，“他是谁？”

“我丈夫。”女人回答道。她停顿了一下，继续说，“他是理查德·沃里克。我是劳拉·沃里克。”

男人继续盯着她。“我明白了，”他嘟囔着，“你是不是最好坐下？”

劳拉·沃里克缓缓地走向沙发，身形略有不稳。男人环顾着房间，问道：“我要给你拿一杯喝的或什么吗？你一定受惊了。”

“受惊？因为枪杀了自己的丈夫吗？”她冷冷地讽刺道。

看见女人略微平静下来后，男人试图同她沟通。“我猜是这样的，你们本是想寻点乐子，也许这就是个游戏？”

“这是个游戏，很有趣。”劳拉·沃里克坐在沙发上，回答令人摸不着头脑。男人皱着眉头，一脸困惑。“不过我倒是想喝一杯。”她继续说道。

男人摘下帽子，扔在扶手椅上。然后从轮椅边的桌子上拿起酒瓶，倒了一杯白兰地，递给女人。她喝着，过了一会儿，男人问道：“现在你该把一切告诉我了。”

劳拉·沃里克抬头看着他。“你是不是最好通知警方？”她问道。

“来得及。先惬意地聊会儿天不是很好吗？你说呢？”男人摘下手套，塞进大衣口袋里，然后开始解大衣的扣子。

劳拉·沃里克开始有些动摇。“我不——”她开口说道。停顿了一下，她继续说道：“你是什么人？怎么恰好今晚来到这里？”女人不给男子时间回答，近乎是呵斥般继续说道：“看在上帝的分上，告诉我你究竟是谁？”

## 第二章

“我谁也不是。”男人回答道。他抬起一只手撩着头发，环顾四周好一会儿，像是不知该从何说起，之后继续说道：“我叫迈克尔·斯塔克韦瑟。我知道这名字有些奇怪。”男人为她拼写了自己的名字。“我是个工程师，在英伊石油公司工作，刚刚结束在波斯湾的任期，才回国不久。”他停了一会儿，似乎正简单回忆在中东地区的日子，抑或是在想自己究竟该说多少细节，而后他耸了耸肩。“我来威尔士这边有些天了，过来查看老地标建筑。我母亲那边的家族都在这儿生活，我想我可能会在这儿买一栋小房子。”

他摇了摇头，微笑着。“过去两个小时里，应该是三小时，我完全迷路了。我开着车，在南威尔士那些乱七八糟的车道里绕，最后车卡进沟渠里。到处都是浓雾。我找到一扇大门，摸索着来到这所房子，希望能借用一下电话，又或者，如果我够幸运，就有地方安睡一晚了。我试着转了转那边落地窗的手柄，发现窗户没锁，所以我就走进来了，于是发现——”他指了指轮椅，表示发现了瘫倒在上头的尸体。

劳拉·沃里克抬头看着他，眼里没什么情绪。“你先前敲了门，敲了好几次。”她低声说道。

“是的，但没人回应。”

劳拉屏住呼吸。“是的，我没有回应。”她现在声音小得像是耳语。

斯塔克韦瑟看着她，似乎想看穿她。他朝轮椅上的尸体走近一步，然后转过身面向沙发上的女人。为了鼓励她再多说点话，他重复道：“就像我说的，我试着转了手柄，窗户没有锁住，所以我进来了。”

劳拉盯着手中的玻璃杯。她说话就像在引用名言。“门打开了，不速之客进来了。”她轻轻地颤抖着。“在我小时候，这句话总能吓坏我。这位‘不速之客’。”女人回过头来，盯着她的意外来客，突然大声说道：“噢，你为什么不打电话报警，结束这一切呢？”

斯塔克韦瑟走到轮椅边上。“只是还没报，”他说，“也许，之后的某一刻吧。你能告诉我为什么杀他吗？”

劳拉回答他的语气里又开始夹杂着些许嘲讽。“我可以给你一些很好的理由。一方面，他喝酒，是酗酒。另一方面，他为人残暴，令人难以忍受的残暴。我已经恨他很多年了。”斯塔克韦瑟眼神犀利地盯着她，她继续愤怒地说道：“哦，那你希望我怎么说呢？”

“你恨他很多年？”斯塔克韦瑟像是在自言自语，仔细地看了看尸体。“但是今晚有特殊的事情发生，是吗？”他问道。

“你说得对，”劳拉强调道，“今晚事发特殊，所以我把枪从他旁边的桌子里拿出来，而且，而且我开枪杀了他。事情就这么简单。”她不耐烦地瞥了眼斯塔克韦瑟，继续说道：“噢，该说些什么好呢？你最终只能通知警察来。没别的办法。”她重复了一遍，“没办法！”

斯塔克韦瑟从房间的另一侧看着她。“事情没有你想的那么简单。”他观察道。

“有什么不简单？”劳拉问，她的声音听起来十分疲惫。

斯塔克韦瑟走近她，十分缓慢且意味深长地说道：“你想催我做的事情并不容易，”他说道，“你是个女人，而且是个魅力十足的女人。”

劳拉眼神锐利地看着他。“这又有什么不同吗？”她问道。

斯塔克韦瑟回答时，声音听起来几乎有些雀跃，“理论上没什么不同。但实际上，有。”他把大衣从壁龛处拿起，放在扶手椅上，然后又转过身，看着理查德·沃里克的尸体。

“哦，你想当骑士。”劳拉无奈地看着他。

“好吧，如果你愿意的话，”斯塔克韦瑟说道，“我想知道这一切到底是怎么回事。”

劳拉回答前停顿了一会儿，“我已经告诉过你了。”她就说了这么多。

斯塔克韦瑟慢慢地在轮椅四周踱步，劳拉丈夫的尸体还在那里，他就像着迷了一般。他说："你可能已经告诉我事实了，"他承认，"但那只不过是事实。"

"我也已经说了我的动机，"劳拉回答道，"没有其他可说的了。无论如何，你为什么要相信我告诉你的？我可以编任何我喜欢的故事。你只听见我说的，理查德是残暴的禽兽，他酗酒，他毁了我的人生。还有，我恨他。"

"你说的最后一句话我相信。"斯塔克韦瑟说道，"毕竟有一定的迹象这样表明。"男人再次走近沙发，低头看着劳拉："尽管如此，这也有点极端了，你不觉得吗？你说你恨他多年，你为什么不离开他呢？那可简单多了。"

劳拉回答时十分冷漠："我……我没有钱养自己。"

"亲爱的女孩，"斯塔克韦瑟说道，"如果你能证明他的残暴、习惯性酗酒等一切，你可以离婚，或者说分开，你会得到赡养费，或者随便说是什么费。"他停了下来，等着女人的答案。

大概是觉得这个问题很难回答，劳拉站了起来，背对着男人，径直走到桌前，放下玻璃杯。

"你有孩子吗？"斯塔克韦瑟问道。

"没有……没有，感谢上帝。"劳拉回答说。

"那么，你为什么不离开他？"

劳拉感到十分困惑，转过身来，面朝着她的发问者。"其实，"

她终于说道，“你看……现在我可以继承他所有的钱了。”

“哦，不，你不会的，”斯塔克韦瑟告诉她，“法律不会让犯罪分子获利。”他朝着劳拉走近一步，问：“你认为……”他犹豫了一下，然后继续说，“你是怎么想的？”

“我不明白你的意思。”劳拉说。

“你不是一个蠢女人。”斯塔克韦瑟说道。

他看着劳拉：“即使你继承了他的钱，但如果你被终身监禁，那对你也没多大好处。”他舒舒服服地坐到扶手椅上，补充道：“假如我刚刚没有来敲窗户的话，你打算怎么做？”

“这重要吗？”

“也许不重要，但我很感兴趣。如果我没有闯进来看见你在这里，你会编什么故事呢？你会说那是个意外吗？或者说是自杀？”

“我不知道！”劳拉大声说，她听起来很是心烦意乱。她往沙发走去，坐得离斯塔克韦瑟远远的。“我不知道，”她补充道，“我跟你说，我……我还没时间考虑。”

“是啊，”他同意了，“是，也许是没时间……我认为这不是一起有预谋的事件。我猜是一时冲动。事实上，我想可能是你丈夫说了什么，是这样吗？”

“那不重要。”劳拉回答说。

“他说什么了？”斯塔克韦瑟坚持道，“说什么了？”

劳拉镇定地凝视着他。“一些我永远不会告诉别人的事情。”她大声说道。

斯塔克韦瑟往沙发走去，站到她身后。“法庭上会有人问你的。”他告知。

她表情冷酷，回答道：“我不会回答的。他们不会逼我说。”

“但是你的律师会知道，”斯塔克韦瑟说道，他靠在沙发上，专注地看着她，继续说道，“这会让一切变得不同。”

劳拉转过身来，和他面对面。“哦，你还不明白吗？”她尖叫道，“你不懂吗？我没有希望了。我会为最坏的结果做准备。”

“什么，只是因为我从那扇窗户进来吗？如果我没有——”

“但你进来了！”劳拉打断他道。

“是的，是这样。”他同意道，“所以你就准备接受最坏的结果。你是这样想的吗？”

她没有回答。“给，”他边说边递给她一根烟，自己也拿了一根，“现在，我们说回一点。你恨了你丈夫很久，然后今晚，他说了一些事情，把你激怒到崩溃边缘。你拿起他旁边的枪……”他突然停了下来，盯着桌上的枪。“为什么他坐着，旁边会有枪呢？这不寻常。”

“哦，那个啊，”劳拉说，“他常常朝猫开枪。”

斯塔克韦瑟看着她，十分惊讶。“猫？”他问道。

“哦，我想我不得不解释一番了。”劳拉无可奈何地说道。

# 第三章

斯塔克韦瑟看着她，表情困惑："是吗？"他鼓励道。

劳拉深吸了一口气，然后目视前方，开始讲述："理查德过去是个职业猎人，"她说道，"我们第一次见面是在肯尼亚。他那时候十分与众不同。也许是那会儿他只表现出自己的优点，隐瞒了缺点。他确实是有优点的。他慷慨、勇敢，非常勇敢。他对女人很有吸引力。"

突然她抬起头，似乎刚意识到斯塔克韦瑟在场。注意到她的目光，男子拿打火机替她点烟，也点了自己的。"继续说。"他催促道。

"我们认识不久后就结婚了，"劳拉继续说道，"两年后，发生了可怕的事故——他被狮子咬伤了。之后他侥幸逃脱，但是从此却成了残废，无法正常行走。"她向后靠了靠，显然放松了不少。

斯塔克韦瑟朝一个脚凳走去，面朝着她坐下。

劳拉吸了一口烟，呼出烟圈。“人们说厄运会完善品性，”她说道，“可是他并没有。相反，那次不幸激发出他所有的阴暗面，内心恶毒，有施虐倾向，还常常酗酒。这个房子里的每个人都被他折磨得痛苦不堪，而我们所有人都忍受着，因为……噢，你懂的，人们会说‘可怜的理查德残疾了，真令人难过’。我们本不该忍受的，当然我现在知道了。那一切只让他觉得自己与众不同，他可以任意妄为，而不需要为自己的所作所为负责。”

她起身走到扶手椅旁的桌子边，朝烟灰缸弹了弹烟。“他这一生，”她继续说道，“打猎是他最大的爱好。我们住进这栋房子，每天晚上大家睡觉后，他就会坐在这里，”她指了指轮椅，“和安吉尔，他的管家兼贴身男仆，我猜你应该会这么叫他。安吉尔会带来白兰地和理查德的枪，然后将它们放在他手边。之后理查德会命人打开落地窗，他就坐在这里往外看，盯着猫的眼睛，或是野兔子，或是狗，他就这样来寻找猎物。当然，最近没有什么兔子。那种病……你是怎么叫的？黏液瘤病还是什么？但他还是猎杀了很多只猫。”她吸了一口烟，“白天他也会猎杀它们，还有鸟。”

“邻居们抱怨过吗？”斯塔克韦瑟问她。

“噢，当然有了，”劳拉转身坐回沙发，回答道，“我们才刚住在这里几年。之前我们住在东海岸，就在诺福克。理查德在那边时，还猎杀过一两只家庭宠物，因为很多人抱怨，所以我们才搬到这边。这栋房子很偏僻，方圆几里地只有一户邻居。但是这边有很多松鼠、小鸟，还有野猫。”

她停了一会儿，然后继续说道：“在诺福克发生过的最大麻烦是因为一个女人。一天她来我们家，为村庄里的游乐会募集捐款。她走的时候，理查德朝她的左右两侧开枪，她跑得比车还快。她狂奔的样子就像一只野兔，他这样说道。他和我们说的时候在哈哈大笑。我还记得他说她肥胖的臀部颤抖得像果冻一样。之后她去了警察局，那次发生了可怕的争吵。”

“我可以想象得出。”斯塔克韦瑟平静地说道。

“但是理查德还是逃过了，”劳拉告诉他，“他所有的枪支都有使用许可证，他告诉警察，枪只是用来猎杀兔子。他对可怜的巴特菲尔德小姐解释说，她只是太紧张太胆小了，误以为他在朝她开枪，他发誓他绝对不会那样做。理查德总是有办法让警察相信他。”

斯塔克韦瑟从脚凳起身，往理查德·沃里克的尸体走去。“你的丈夫似乎有一种变态的幽默感。”他尖刻地说道，低头看着轮椅边的桌子。“我明白你的意思，”他继续说道，“所以他身边的枪每晚都在。但他今晚肯定不会想猎杀什么的，这是个大雾天。”

“哦，他总是放一支枪在那儿，”劳拉回答道，“每天晚上都如此。就像是孩子的玩具。有时他朝墙上射击，制作图案。如果你想看，就在那边。”她指的是落地窗，“落地窗左边，图案在窗帘后面。”

斯塔克韦瑟走过去，掀起左边窗帘，那里有一堆弹孔排成排。

“天哪，他在墙上打出的弹孔是他姓名的首字母‘RW’，了不得。”他放下窗帘，转身走向劳拉，“我必须承认，他的射击技术很不错。嗯，是的。和他一起生活一定很可怕。”

“是很可怕。”劳拉回答道。几乎是歇斯底里般，她从沙发上起身走近她面前这位不速之客。“我们必须继续谈论这一切吗？”她愤怒地问道，“这不过是拖延时间而已，最后该发生的还是会发生。你不知道你一定要通知警察吗？你别无选择。你不明白，现在就报警不是最好的吗？或者你想让我自己报警？是这样吗？好的，我会的。”

她迅速走向电话处，她拿起话筒时，斯塔克韦瑟走近她，抓住她的手。“我们得先谈谈。”他说道。

“我们一直在谈，”劳拉说，“不管怎样，已经没什么好谈的了。”

“不，有的，”他坚持说道，“我敢说，我一定是个傻瓜。但我们一定要想个出路。”

“想什么出路？为了我？”劳拉问道。她感到十分不可思议。

“是的。为了你。”他从她身边走开，然后转过身朝着她。“你有多大的勇气？”他问道，“如果有必要，你会撒谎吗？要很有说服力的那种。”

劳拉盯着他。“你疯了。”她这样说道。

“也许吧。”斯塔克韦瑟同意道。

她摇了摇头，十分困惑。“你不知道自己在做什么。”她告诉他。

“我很清楚自己在做什么，”他回答道，“我这样就是案后从犯。”

“但是为什么？”劳拉问道，“为什么？”

斯塔克韦瑟看了她好一会儿才回答。“是啊，为什么呢？”他重复说道。他说话缓慢，意味却清晰：“我想，只是一个简单的原因。你是一个很有魅力的女人，你如今拥有大好年华，我不想让你被关在监狱里浪费光阴。在我看来，那就和绞刑一样可怕。如今的形势对你很不利。你的丈夫是个瘸子。你的话可以左右警察的犯罪猜想，而你似乎不愿意说那些话。因此，陪审团不大可能会赦免你。”

劳拉目不转睛地看着他。“你不了解我，”她说，“我告诉你的可能都是谎言。”

“也许吧，”斯塔克韦瑟欣然同意，“也许我容易受骗，但我相信你。”

劳拉望向别处，然后跌坐在凳子上，背靠着男人。有一会儿，他们什么也没说。然后，她转身面向他，眼里突然燃起希望。她疑惑地望着他，之后微微地点了点头，几乎察觉不到。“是的，”她告诉他，“如果有必要的话，我可以撒谎。”

“很好，”斯塔克韦瑟惊呼道，语气坚定，“现在，快说说看。”他走到轮椅旁的桌子边，往烟灰缸里弹灰。“首先，究竟有谁在这所房子里？谁住在这里？”

片刻犹豫后，几乎是机械般的，劳拉开始讲述。“这里住着理查德的母亲，”她告诉他，“还有本尼，就是班尼特小姐，但我们都叫她本尼。她是管家兼秘书，曾经是一家医院的护士。她在这里已经很久了，她很喜欢理查德。还有安吉尔，我想我提到过他。他是一位贴身男仆，还是管家。我猜，理查德的一切都是他照料。”

“还有仆人住在这所房子里吗？”

“没有，没有住在这里的仆人，我们家仆人都不寄宿。”她停顿了一下。“哦，我差点忘了，”她继续说，“还有贾恩。”

“贾恩？”斯塔克韦瑟热切地问道，“贾恩是谁？”劳拉的表情十分尴尬。犹豫着，她说道：“他是理查德同父异母的弟弟。他……他和我们住在一起。”

斯塔克韦瑟走到她坐着的凳子边上。“说清楚些，”他说，“关于贾恩，你有什么不想告诉我的吗？”

片刻犹豫后，劳拉说话了，虽然她听起来仍然戒心十足。“贾恩很可爱，”她说，“非常惹人疼爱，很贴心。但……但他和正常人不一样。我的意思是，他是……他就是人们说的弱智。”

“我明白了，”斯塔克韦瑟喃喃道，语气里带着同情，“但是你很喜欢他，是吗？”

“是的，”劳拉承认道，“是的……我很喜欢他。这就是我不能离开理查德的原因。对于贾恩，你知道，理查德有自己的一套办法，他会送贾恩去一个机构。一个专门安置弱智儿的地方。”

斯塔克韦瑟慢慢地围着轮椅踱步，低头看着理查德的尸体，沉思着。“我知道了，”他喃喃道，“那就是他能威胁你的原因？如果你离开他，他就会送孩子去福利机构是吗？”

“是的，”劳拉回答道，“如果我……如果我坚信自己能挣足够的钱，养活贾恩和自己……但我不确定。不管怎样，理查德是孩子的法定监护人。”

“理查德对他好吗？”斯塔克韦瑟问道。

“有时候。”她回答说。

“那其他时候呢？”

“他……他经常说要把贾恩送走，”劳拉告诉他，“他常对贾恩说：‘他们会你对很好的，孩子。你在那里会被照顾得很好。还有劳拉，我保证她一年会去看你两次。’他会让贾恩生气、害怕，会害得他不断地乞求、恳求，有时都变得口吃起来。然后理查德就靠在椅子上，哈哈大笑，把头搭在椅背上，不断地笑、笑、笑。”

“我明白了。”斯塔克韦瑟边说，边仔细地看着她。沉默了一会儿，他又深沉地重复道：“我明白了。”

劳拉迅速地站了起来，走到扶手椅旁边的桌子旁边，掐灭手里的香烟。“你不相信我，”她大声说道，“你不必相信我说的话。你知道的一切，都是我编的。”

“我告诉过你，我愿意冒这个险。”斯塔克韦瑟回答道。“现在，”他继续说道，“那个，她叫什么名字来着，班尼特……本尼？她机灵吗？聪明吗？”

“她很能干。”劳拉确信地说道。

斯塔克韦瑟打了个响指。“我想起来了，”他说，“今晚为什么没人听到枪声？”

“那个，理查德的母亲很老了，耳朵几乎是聋的，”劳拉回答道，“本尼的房间在房子的另一侧，安吉尔的住处是单独的，厚粗呢门隔音很好。还有小贾恩，他睡在这个书房隔壁，但他早早就上了床，睡得很死。”

“这一切好像显得太恰到好处了。”斯塔克韦瑟注意到。

劳拉看上去很困惑。“那你有什么建议吗？”她问道，“我们可以让这看起来像自杀吗？”

他转头看了看尸体。“不行，”他边说，边摇着头，“恐怕不能伪装成自杀了。”他走到轮椅旁，低头看了会儿理查德·沃里克的尸体，问道：“我猜他惯用右手吧？”

“是的。”劳拉回答说。

“是啊，我想也是。这种情况下，他不可能以那种角度射杀自己。”他边说明，边指着沃里克的左太阳穴。“再说，也没有烧焦的痕迹。”他想了几秒钟，然后补充道：“不对，枪一定是从远处开的。自杀绝对是不可能的。”他顿了一下，又继续说：“但是可以有意外。毕竟，它有可能是一个意外。”

沉默良久后，他开始呈现自己脑海里的场景。“现在就比如说，今晚我来到这里。事实上，我是来了，从这个窗户误闯进来。”他走到落地窗前，并模仿跌跌撞撞进房间的动作。“理查德以为我是小偷，于是朝我开枪。嗯，这是很可能的，根据你跟我讲的他的事迹。然后，我走近他……”斯塔克韦瑟忙不迭冲向轮椅上的尸体，“我夺下他的枪……”

劳拉急忙打断他：“争夺间，枪走火了，是吗？”

“是的。”斯塔克韦瑟同意道，但又立即纠正，“不，那不行。正如我所说，警察马上就会发现枪不会是在这么近的地方开的。”他又想了一会儿，继续说：“好吧，说到我把枪从他手中夺下……”他摇了摇头，摆着手臂，表示受挫，“不行，那不好。要是我那样做了，我为什么要杀他？不行，这样恐怕很棘手。”

他叹了口气。“好吧，”他决定道，“我们就把这当作谋杀吧，单纯的谋杀。但是外人实施的谋杀，或是不认识的人。”他走到落地窗前，拉开窗帘，向外张望，仿佛在寻找灵感。

“也许可以是个真正的窃贼？”劳拉建议道。

斯塔克韦瑟想了一会儿，然后说：“是这样，我想可能是个窃贼，但似乎有点假。”他停顿了一下，接着说：“仇家怎么样？这听起来可能有些戏剧化，但从你的描述来看，他像是那种有仇家的人。我说得对吗？”

“嗯，是的，”劳拉慢慢地回答道，有些不确定，“我猜理查德有仇家，但……”

“暂时别管是谁了。”斯塔克韦瑟打断她的话，在轮椅旁的桌子上掐灭香烟，劳拉正坐在沙发上，他走到她面前。“你认为有可能是理查德仇家的人，都告诉我。第一，我想，会是那位……你知道的……那位抖臀小姐，那个女人，她朝理查德开的枪。不过我认为她不太像一个凶手。不管怎么说，我猜她仍然住在诺福克，她要花一天时间来威尔士干掉他，那会有点牵强。还有谁？”他催促道，“还有谁对他怀恨在心？”

劳拉看上去有些困惑。她起身走动，并且开始解她夹克的扣子。“嗯，”她谨慎地说道，“有一个园丁，大约一年前理查德解雇了他，而且还不给他写推荐信。这人对此谩骂不已，不断地威胁我们。”

“他是什么人？”斯塔克韦瑟问道，“本地人吗？”

“是的，”劳拉回答道，“他来自兰费申[①]，离这里大约有四英里远。”她脱下外套，放在沙发扶手处。

斯塔克韦瑟皱了皱眉头。“我认为你的园丁不太可能。”他说道，“你得想，他肯定有很好的不在场证明，待在家里什么的。如果他没有不在场证明，或者只是他妻子可以证实他的不在场证明，我们才可能最终将这个可怜的家伙以他没做过的事情定罪。不行，那不好。我们需要的是过去的仇家，不容易找到的那种。”

劳拉在房间里缓慢地踱步，努力地回想着，斯塔克韦瑟继续说：“理查德猎杀老虎狮子那会儿，有仇人吗？在肯尼亚、南非或者印度的人？这些警察不容易查到的地方。”

“如果我能想到的话，”劳拉绝望地说道，“如果我能记得。如

①位于英国威尔士的波伊斯。

果我能记起一些有关那段日子的故事，理查德一次又一次和我说过的故事。”

“这些故事我们都没办法信手拈来，”斯塔克韦瑟喃喃自语道，“你知道，什么把锡克教信徒的头巾不小心搭在酒瓶上，或是茅刀，又或是一支毒箭。”他用手按着额头，专注地想着。“该死的，”他接着说，“我们需要的是满怀怨恨，一个被理查德踢来踢去的人。”他走近劳拉，催促道：“想想看，女人。快想，想想。”

“我……我想不出来。”劳拉回答道，声音里满是挫败。

“你告诉我你丈夫是那种人。一定有些事故啊，人啊什么的。老天哪，肯定有什么事情发生过。”他说道。劳拉在房间里来回踱步，拼命想记起些东西。

“曾威胁过他的人。也可以是正当的威胁。”斯塔克韦瑟鼓励她道。

劳拉停止踱步，转过身面对着他。“有……我刚想起来，”她说道，她讲得很慢，“有一个男人，理查德撞过他的孩子。”

# 第四章

斯塔克韦瑟盯着劳拉。“理查德撞倒过一个孩子？”他兴奋地问道，“什么时候？”

“大约是两年前，”劳拉告诉他，“我们那时住在诺福克。孩子的父亲那时候肯定威胁过他。”

斯塔克韦瑟坐到脚凳上：“现在这听起来还算有点可能。”他说，“不管怎样，告诉我你能记得的他的事。”

劳拉想了一会儿，然后开始讲述。“理查德从克罗默开车回来，”她说，“他那时候已经喝太多了，这对他来说很寻常。他开车经过一个小村庄，车速每小时六十英里，路上有很明显的锯齿状轮胎印。孩子……小男孩……从酒店跑到路中间……理查德撞倒了他，孩子当场死亡。”

“你是说，”斯塔克韦瑟问她，“尽管你丈夫有腿疾，他还能开车？”

“是的，他可以。哦，车座必须是特制的，以便他可以操控。但是，是的，他可以驾车。”

“我明白了，”斯塔克韦瑟说道，“孩子的事后来怎么解决的？警察肯定会以杀人罪逮捕理查德吧？”

“当然，进行了审讯。”劳拉解释道，声音里有一丝苦涩。她补充道：“理查德被无罪释放了。”

“当时有证人吗？”斯塔克韦瑟问她。

“是这样的，”劳拉说，“只有孩子的父亲，他看到了一切。不过还有一个医院的护士，沃伯顿护士，当时她也在车里。她也上庭作证了，据她的证词说，这辆车当时时速每小时不足三十英里，而理查德只喝了一杯雪利酒。她说那次事故无法避免，是那个小男孩突然冲出来，径直冲到汽车前面。他们相信了那位护士，而不是孩子的父亲，他说车开得很快，而且很不稳。我知道这个可怜的人表达感情时过于激烈了。”劳拉走到扶手椅旁，补充说：“你看，谁都会相信沃伯顿护士的。她似乎是诚实、可靠、准确和谨慎表述等一切美德的代表。”

“你不在车上？”斯塔克韦瑟问道。

“是的，我不在，”劳拉回答道，“我当时在家。”

“那你怎么知道那位护士说的是假话呢？”

“哦，理查德很肆无忌惮地谈论这事。”她痛苦地说道，“他们结束审讯回来后，我记得很清楚。他说：‘太棒了，沃比[①]，表演太精彩了。你真是免了我一场牢狱之灾。’她说：‘你不该被脱罪，沃里克先生。你知道自己当时开得有多快。那个可怜的孩子，我们应该感到羞耻。’理查德接着说道：‘哦，忘了吧！我会好好报答你的。总之，在这个拥挤的世界上，一个乳臭未干的小子算什么？他刚好也摆脱这个世界了。我可不会因为这个睡不好，我向你保证。’”

斯塔克韦瑟从凳子上起身，越过劳拉的肩膀看着理查德的尸体，冷冷地说道：“听越多你丈夫的事，我越愿意相信，今晚发生的是正义的处决，而不是谋杀。”他走近劳拉，继续说道：“那么，被撞孩子的父亲，那个男孩的父亲，他叫什么名字？”

“好像是一个苏格兰名。”劳拉回答道，“麦克……麦克什么……麦克劳德？麦克雷？我不太记得。”

“但你必须得记起来。”斯塔克韦瑟坚持道，“快，想想看，他还住在诺福克吗？”

“不，不，”劳拉说道，“他只是在这里探访亲人。我想，应该是他妻子的亲戚。我记得他似乎是从加拿大来的。”

“加拿大，不错，很远的地方。”斯塔克韦瑟认真说道，“这追查起来需要一点时间，是的。”他继续边说边走到沙发后面，“是的，这很有可能。不过看在上帝的分上，尽力记起那个人的名字

①即护士沃伯顿的昵称。

吧。”他走到壁龛处的扶手椅边，拿起大衣，从口袋里拿出手套戴上。然后，他在房间里仔细搜寻，问道：“有报纸吗？”

“报纸？”劳拉惊讶地问道。

“不要今天的，”他解释说，“昨天的或者前天的会比较好。”

劳拉从沙发上起身，走到扶手椅后面的柜子前。“这个橱柜里有一些。我让他们用来生火的。”她告诉他。

斯塔克韦瑟走到她旁边，打开橱柜的门，拿出一份报纸。检查完日期，他宣布道：“这个就行，正是我想要的。”他关上柜门，把报纸拿到桌上，从桌上放杂物的格子里拿出一把剪刀。

“你打算怎么办？”劳拉问道。

“我们要制造一些证据。”他拿着剪刀，“咔、咔”剪了两下，似是想证明什么。

劳拉盯着他，眼里满是困惑。“但是如果警方能找到这个人，”她问道，“那会怎么样？”

斯塔克韦瑟微笑地看着她。“如果他还生活在加拿大，那得花不少工夫。”他的语气里有点自命不凡的意味，“等他们找到他，他肯定会有今晚的不在场证明。他人在几千英里外应该足够令警察信服。然后警察们再调查这边的事就太晚了。不管怎样，我们最多能做这些了。面对这么多事情，这样做会给我们一些喘息空间。”

劳拉看起来很担忧。“我不想这样。”她抱怨道。

斯塔克韦瑟有点恼怒地看了她一眼。“我亲爱的姑娘，”他警告道，“你别挑剔了。你必须得记起那人的名字。”

“我不记得，我说了，不记得。”劳拉坚持道。

“是麦道格，是吗？又或是麦金托什？”他试着帮她回忆。

劳拉走开几步，远离他，把手放在耳朵上。“别说了，”她喊道，“你只是在帮倒忙。我不知道他叫麦克什么。”

“好吧，如果你不记得，不记得。”斯塔克韦瑟让步了，“我们必须设法应付。或许，你记得日期，或者其他任何有用的信息吗？”

“哦，我可以告诉你日期，好吧。”劳拉说，“是五月十五日。”

斯塔克韦瑟有些惊讶，问道：“现在你还记得日期？”

劳拉的声音里夹杂着痛苦，她回答道：“因为那天是我的生日。”

“啊，我明白了……是啊……好，解决一个小问题。”斯塔克韦瑟评述说，“我们有些幸运。这份报纸的日期就是十五号。”他小心翼翼地把报纸上的日期剪下。

劳拉走过来，和他一起站在桌旁，越过他的肩膀，她指出报纸上的日期是十一月十五日，不是五月。“是的，”他承认道，“但它是个尴尬的数字。现在，‘May’（五月）是一个短词……啊，是的，这儿有一个M，还有a，最后是一个y。”

“你到底在做什么？”劳拉问道。

斯塔克韦瑟坐到书桌椅上，唯一的回应是：“有胶水吗？”

劳拉正要从杂物格子里拿出一瓶胶水，但被他阻止了。“不，不要碰，”他提醒道，“可不要把你的指纹留在上面。”他戴着手套，把那瓶胶水拿出来，并打开了盖子。

“如何通过一节简单的课程成为罪犯，”他继续说道，“是的，这里有一沓书写纸——这种纸全英国都有卖。”他从杂物格子里拿出一个记事本，然后把单词、字母粘贴在一张信纸上。“现在，看这个，一，二，三——戴着手套有点难贴。不过快好了。‘五月十五，一并奉还’。噢，‘i’和‘n’掉了。”他又贴了一次，“好了。你看怎么样？”

他把信纸从本子上撕下来，拿给她看，然后走向轮椅上理查德·沃里克的尸体。“我们要把它好好地塞进他的上衣口袋里，就像这样。”这样做的时候，他不小心拿出了沃里克口袋里的打火机，打火机掉到了地板上。“喂，这是什么？”

劳拉尖叫了一下，试图抢夺打火机，但斯塔克韦瑟已经捡了起来，仔细查看着。“把它给我！”劳拉喘着气，大声叫道，“给我！”

斯塔克韦瑟微微有点吃惊，但还是将打火机递给她。“这是……这是我的。”她很多余地解释了一下。

“好吧，这是你的打火机。”他同意道，“这没什么好担心的。”他好奇地看着她，“你没慌了神吧？”

她往沙发那边走去，边走边用自己的裙子擦拭打火机，像是为了去除上面的指纹，边确保斯塔克韦瑟没看到她这样做。“不，我当然没有。”她向他保证。

确定理查德·沃里克口袋里用报纸粘贴着讯息的字条，已经被牢牢固定在衣领底下的口袋里后，斯塔克韦瑟走到书桌前，把胶水瓶的盖子盖好，脱下手套，掏出一块手帕，看着劳拉。“弄好了，”他宣布道，“可以准备下一步了。刚才你喝酒的杯子在哪里？”

先前劳拉将杯子放在桌上，现在她拿起杯子，把打火机放在桌上，走向斯塔克韦瑟。他接过杯子，正要擦去指纹，但又停下。“不，”他喃喃地说道，“不，那太愚蠢了。”

“为什么？”劳拉问道。

“是这样，杯子上应该要有指纹。”他解释道，“杯子和酒瓶上都要有。要有那位仆人的指纹，还有你丈夫的。没有任何指纹的话，会引起警察的疑心。”他又拿起手中的杯子，啜了一口。“现在我必须想个办法来解释我的指纹。”他补充道，“犯罪不容易，对吗？”

劳拉突然激动起来，大声叫道：“别！别掺和进这件事儿，他们可能会怀疑你的。”

斯塔克韦瑟感到好笑，答道：“噢，我可是个正派的人，不会被怀疑的。但是某种意义上，我已经掺和进来了。毕竟，我的车还在外面，陷在沟里。不过别担心，我们只需要制造一些伪证，而且是时间上的修正。我的在场时间是他们会怀疑我的最直接的证据。但如果你好好表现，他们是不会怀疑的。”

劳拉有些害怕，她坐在凳子上，背对着他。他走过来，面对着她。“现在，”他说，“你准备好了吗？”

“准备？准备什么？”劳拉问道。

“来吧，你一定要振作起来。”他催促道。

她有些茫然，喃喃地说道：“我觉得……我很蠢。我现在无法思考。”

“你不用思考。”斯塔克韦瑟告诉她，“你只要听我的话。现在我有个想法。首先，你的房子里有炉子吗？”

“炉子？”劳拉想了想，然后回答道，“嗯，有热水锅炉。”

“很好。”他走到书桌前，拿起报纸，把剪碎的纸片同报纸一同卷起，然后转过身递给劳拉。“现在，”他命令道，“你要做的第一件事就是去厨房，把它丢进锅炉。然后你上楼，脱下衣服，换件睡衣或是睡袍，只要是睡觉穿的就行。”他停顿了一下，“你有阿司匹林吗？”

尽管有些困惑，劳拉还是回答道：“有。”

斯塔克韦瑟说话时似乎还在思考计划，接着他说道：“去洗手间倒干酒瓶里的酒。然后去找你婆婆，或是别人，班尼特小姐？和她说你头疼，要一些阿司匹林。不管你找谁，和谁在一起，开着房门，这时候你会听到一声枪响。”

“什么枪响？”劳拉问道，凝视着他。

斯塔克韦瑟没有回答，他走到轮椅旁的桌子，拿起枪。“是的，是的，”他心不在焉地喃喃道，“我来办。”他检查了一下枪：“嗯，我没怎么见过这种枪。战争纪念品，是吗？”

劳拉从凳子上站起来。“我不知道，”她说道，“理查德有好几支外国手枪。”

“不知道这支枪注册过没有。”斯塔克韦瑟说道，几乎像是在自言自语，手里还握着枪。

劳拉坐在沙发上。“理查德有许可证，可能你是这么叫的，就是他的枪支收藏证。”她说道。

“是的，我想他有。但这并不意味着这些枪都登记在他名下。生活中，这种事情人们往往很粗心。有人能确切知道这件事吗？”

“安吉尔可能知道。”劳拉说道，“这重要吗？”

斯塔克韦瑟在房间里走来走去，他回答道：“是这样，这件事得这么说，那位麦克什么……就是那位被撞孩子的父亲——他可能闯进来，气势汹汹，想要血债血偿，他的枪已经上膛。不过，毕竟，还有另一种作案方式会更合理些。这个男人——不论是谁——闯进来。理查德，半梦半醒间抢了男人的枪。男人猛扭理查德，抢回枪后就杀了理查德。我承认这听起来有点牵强，但是只能这样了。我们必须得冒点险，这无法避免。”

他把枪放在轮椅旁的桌子上，走近她。“现在，”他继续说道，“一切细节我们都想到了吗？希望如此。就算理查德是早十五或二十分钟被枪杀的，到警察来的那时，这也不容易被发现。雾这么重，他们从这条路开车过来不太容易。”他走到落地窗旁，掀起窗帘，看着墙上的弹孔：“RW。很不错。我会试着加上一个句点。”

放好窗帘，他走到她身边。“听到枪响后，”他对劳拉说道，“你要做的就是拉响警报，把班尼特小姐，或其他你能叫上的人带下来。你要说的就是，你什么都不知道。你上床睡觉了，醒来时头痛得厉害，然后就去找阿司匹林。这就是你所知道的一切。明白了吗？”

劳拉点了点头。

“很好，”斯塔克韦瑟说道，“其他的就交给我。现在你感觉好些了吗？”

“嗯，应该好些了。”劳拉低声说道。

“那去吧，做好你的事。”他命令道。

劳拉犹豫了。“你……你不该这样做，”她再次劝道，“你不该的。你不该被卷入这件事。”

“现在，我们别再想那么多了。”斯塔克韦瑟坚持道，“每个人都有自己喜欢的……该怎么说呢……娱乐方式。你杀了你的丈夫，这是你的乐趣和方式。我现在也有我的。就这么说吧，我一直有个秘密，就是想看看自己在现实生活中如何演绎侦探小说里的情节。”他微笑着，想让劳拉安心。“现在，你能去做我和你说的事了吗？”

劳拉点了点头：“好的。”

“那就对了。噢，我看你有块手表。很好。你的表现在是几点？”

劳拉给他看了自己的腕表，男人照着调整了自己的表。“只有十分钟时间，”他说道，“我可以给你三……不，四分钟。给你四分钟走到厨房，把报纸丢进锅炉，之后上楼，换下衣服，穿上睡衣，去找班尼特小姐或其他人。你觉得自己能做到吗，劳拉？”他给她一个安慰的笑。

劳拉点了点头。

“那么，”他继续说道，“十一点五十五分整，你就会听到枪声。去吧。”

走到门边，她转身看着他，有些不安。斯塔克韦瑟走过来为她打开门。“你不会让我失望的，对吗？”他问道。

“不会。”劳拉微弱地回答。

“很好。”

劳拉正要离开房间，斯塔克韦瑟注意到她的夹克落在沙发的扶手上。叫住她后，他把衣服递给她，对她笑了笑。劳拉走出去后，他关上了身后的门。

# 第五章

关上门后，斯塔克韦瑟停了下来，脑海里飞速想着要做的事。过了一会儿，他瞥了眼手表，而后拿出一支香烟。他走到扶手椅旁的桌子，正要拿打火机，发现书架上有一张劳拉的照片。他拿起照片看着，笑了笑，又放回原处，而后点上一支烟，把打火机留在桌上。他拿出手帕，把扶手椅的扶手还有照片都擦拭一遍，去掉指纹，然后把椅子推回原来的位置。他从烟灰缸里拿出劳拉吸剩的香烟，而后去轮椅旁的桌子，也从上面的烟灰缸里拿出自己吸剩的烟蒂。他走到书桌旁，擦去上头所有的指纹，又把剪刀和记事本放好，并调整了记事簿的位置。而后他仔细观察地板周围，寻找可能丢失的纸片，他在桌子旁边找到一张，于是把它拧皱放进裤兜里。他又去擦门边的灯开关和书桌椅上的指纹，又拿起他放在桌上的手电，而后走到落地窗前，轻轻地拉开窗帘，透过窗户，用手电照着外面的小路。

“脚印不好藏。”他自言自语道。他把手电放在轮椅边的桌子上，拿起手枪，确认子弹充分上了膛，他又擦了擦上头的指纹，而后走到凳子边，把枪放在上头。再次看了眼手表后，他走到壁龛处的扶手椅旁，戴上帽子、围巾还有手套。手臂搭着外套，他走到门口。他正要关灯时，突然想起要把门牌和手柄上的指纹擦掉。而后他关了灯，回到凳子旁，把外套放在上头。他拿起枪，正要朝着墙上有字母的地方开枪，他突然意识到窗帘还遮着。

“该死！”他喃喃道。他迅速用书桌椅把帘子固定为拉开状。他回到凳子旁，开枪，之后迅速回到墙边查看。“不错！”他庆贺道。

他将书桌椅放回原来的位置，接着听到大厅里传来的声音。他急忙带上枪，从落地窗跑出去。片刻后，他又出现在房间里，一把抓起手电，再次冲出房间。

从房子的各个地方，四人匆匆走向书房。理查德·沃里克的母亲，一位身材高大、严肃威严的老太太，此时穿着睡衣。她看上去苍白无力，正拄着手杖走来。“怎么了，贾恩？”她问贾恩，男孩穿着睡衣，长得就像罗马神话中的农牧神，满脸懵懂无辜，此时站在老太太身后的楼梯平台上。“大半夜的，怎么大家都在到处晃悠？”她高声说道。这时一位头发灰白的中年女人走了过来，身上穿着十分有质感的法兰绒睡衣。“本尼，”她命令道，“告诉我怎么回事？”

劳拉紧跟在背后，沃里克夫人继续说道：“你们都疯了吗？劳拉，怎么回事？贾恩……贾恩……有人能告诉我到底怎么回事吗？”

“我敢打赌是理查德。”男孩说道，他看起来有十九岁左右，尽管声音举止就像一个小孩子。“他又在大雾天里打猎了。”他补充道，声音里有一丝气急，“告诉他大晚上的不要开枪，都把我们从美容觉里吵醒了。我之前睡得很死。本尼你呢？小心点，劳拉，理查德很危险。他是个危险人物，本尼，你要小心点。”

“外头有大雾，”劳拉透过落地玻璃窗往外瞧，说道，“路都看不清。我不敢想象他在这样的大雾天打猎。太荒谬了。另外，我刚刚好像听到了一声叫喊。”

班尼特小姐——本尼，一位敏锐警惕的女人，看起来就像她还是医院护士，说话语气有些好管闲事的意味。“我真不明白你为什么这么苦恼，劳拉。这只是理查德平日里的小乐子。但我没有听到什么枪声，肯定没什么事的，你应该想太多了。但他确实有些自私，我得和他说说。理查德。”她走进书房时叫道，“说真的，理查德，这大晚上的开枪也太可怕了。你吓到我们了……理查德！”

劳拉穿着睡袍，跟着班尼特小姐走进房间。劳拉打开灯，朝沙发走去，男孩贾恩跟着她。他看着班尼特小姐站在那里，盯着轮椅上的理查德·沃里克。“怎么了，本尼？”贾恩问道，“怎么啦？”

“是理查德，”班尼特小姐说，她的声音出奇得平静，“他自杀了。”

“看，”小贾恩喊道，手指着桌子，“理查德的左轮手枪不见了。”

外面花园响起一个声音：“里面发生了什么吗？有什么麻烦吗？”透过壁龛处的小窗户望去，贾恩喊道：“听！外面有人！”

“外面？”班尼特小姐说道，“谁？”她走到落地窗前，正要拉开窗帘时，斯塔克韦瑟突然出现了。斯塔克韦瑟走进来时，班尼特小姐惊慌地往回退了几步，他慌忙问道：“这里发生了什么？怎么回事？”他的目光落在轮椅上的理查德·沃里克身上。“这个人死了！”他大声喊道，“是枪杀。”他猜疑地环顾四周，打量着这些人。

“你是谁？”班尼特小姐问道，“你从哪里来？”

“我的车开到沟里了，”斯塔克韦瑟回答道，“我已经被困几个小时了。我发现了几扇大门，就往这栋房子走，想找人帮忙，借我用一下电话。然后我就听到一声枪响，有人从窗户冲出来，撞了我一下，手里还拿着枪。”斯塔克韦瑟补充道，“他落下了这个。”

“这人往哪儿跑了？”班尼特小姐问道。

“雾这么大，我怎么知道？”斯塔克韦瑟回答道。

贾恩站在理查德面前，有些兴奋地盯着他。“有人杀了理查德。”他喊道。

“看来是这样。”斯塔克韦瑟同意道，“你们最好报警。”他把枪放在轮椅旁的桌子上，拿起酒瓶，倒了杯白兰地。“他是谁？”

“我丈夫。”劳拉面无表情地说道，她走到沙发前坐下。

斯塔克韦瑟对她说道：“给。喝点这个吧。”语气听起来似乎有些过分关心。劳拉抬头看着他。“你肯定吓得不轻。”他强调道。她接过杯子，斯塔克韦瑟背对着别人，对她咧嘴一笑，提醒她，他这是在解决自己酒杯上的指纹问题。他转过身，把帽子扔到扶手椅上。突然他看到班尼特小姐朝理查德·沃里克的尸体弯下腰去，于是立刻回头。“不，别碰任何东西，夫人。”他恳求道，“这像是谋杀，如果是的话，别碰任何东西。”

班尼特小姐直起身子，远离轮椅上的尸体，十分惊骇。“谋杀？”她惊叫道，“不可能是谋杀！”

沃里克夫人，死者的母亲，才刚到书房门口。她走进来，问道：“发生什么事了？”

“理查德被枪杀了！理查德被枪杀了！”贾恩告诉她。他听起来很兴奋，而不是忧虑。

“安静点，贾恩。”班尼特小姐厉声说道。

“你刚刚说什么？”沃里克太太问道，声音微弱。

“他说……是谋杀。”本尼告诉她，指了指斯塔克韦瑟。

“理查德。”沃里克夫人低声说道。此时贾恩朝着尸体俯下身子，说道：“看，快看，他的胸口上有东西，上面有字。”他的手伸过去，但立即被斯塔克韦瑟阻止道：“别碰！无论你想干吗，都别碰东西。”而后他缓慢而大声地念道：“五月……十五……一并奉还。”

“上帝啊！是麦克格雷格。”班尼特小姐大声说道，同时走到沙发后面。

劳拉站起来。沃里克夫人皱着眉头：“你的意思是……”她说道，“那个男人……那个父亲，被撞孩子的父亲？”

“是啊，麦克格雷格。”劳拉喃喃自语，坐到扶手椅上。

贾恩走到尸体旁：“看，都是从报纸上剪下来的。”他兴奋地说道。斯塔克韦瑟再次阻止他：“不，不要碰它。”他命令道，“这里要等警察来查看。”他往电话走去：“我可以……”

“不，”沃里克夫人坚定地说道，“我来。”为了控制好局面，她鼓起勇气，走到书桌前开始拨号。贾恩兴奋地走到脚凳前，跪在上头。“跑掉的那个人，”他问班尼特小姐，“你认为他是……”

“嘘，贾恩。”班尼特小姐坚定地说道，此刻沃里克夫人正讲着电话，声音很轻，但却清晰有力：“是警察局吗？这里是朗勒特府，理查德·沃里克先生家。刚刚我们发现……沃里克先生被枪杀了。”

她接着讲电话。她的声音很低，但房间里的其他人都在专注地听。“不，是被一个陌生人发现的。”他们听到她这样说，“一个男人的车子在附近发生了故障，我想……好的，我会告诉他的。我会给旅馆打电话，你们这边完事后，有人能把他带过去吗？很好。”

沃里克夫人转过身面朝着众人，宣称道："雾很大，但警方会尽快赶来这里。他们会开两辆车过来，其中一辆会先把这位先生……"她指着斯塔克韦瑟说道，"先送到村子里的旅馆。他们希望他留下来过夜，明天再进行谈话。"

"好吧，既然我的车还在沟里，我也走不了，这样对我来说挺好的。"斯塔克韦瑟说道。他说话时，走廊的门开了，一个四十五六岁的黑发男子边走进房间，边系睡袍上的带子。他刚走进门就停下来。"怎么了，夫人？"他朝沃里克夫人问道。而后，他越过夫人的身子望去，看到理查德·沃里克。"哦，我的上帝。"他大声叫道。

"恐怕这是个可怕的悲剧，安吉尔。"沃里克夫人回答道，"理查德被枪杀，警方正在赶来的路上。"她转向斯塔克韦瑟，说道："这是安吉尔。他……他是理查德的仆人。"

仆人看见斯塔克韦瑟，有些心不在焉地微微鞠了个躬。"哦，我的上帝。"他看着他雇主的尸体，重复道。

# 第六章

次日上午十一点，理查德·沃里克的书房比起下大雾的前一晚，竟显得多少有些迷人。天气有些寒冷，空气清新，阳光明媚，书房的落地窗敞开着。尸体昨夜已被移走，轮椅被移到壁龛处，房间中央现在放着扶手椅。小桌上除了酒瓶和烟灰缸，其他什么东西都没有。一位帅气的年轻人，二十来岁，黑色短发，身穿粗花呢运动夹克和深蓝色裤子，正坐在轮椅上，阅读一本诗集。几分钟后，他站起来。“真美，”他自言自语道，“贴切而美好。”他的声音十分柔和悦耳，有明显的威尔士口音。

年轻人合上刚刚读的书，把它放回壁龛上的书架。他在房间里查看了一两分钟，而后穿过敞开的落地窗，走到阳台上。紧接着，一位矮胖、表情肃穆的中年男人提着公文包，从走廊走进房间。他走到面朝阳台的扶手椅旁，把公文包放在上头，望向窗外。“卡德瓦拉德警官！”他锐声叫道。

年轻人转身进屋：“早上好，托马斯探长。”他说，而后继续说道：“迷雾时节，果实芳醇，同催熟万物的太阳亲密无间。”

正在解大衣的探长停了下来，注视着年轻的警官。“你说什么？”他问道，声音里有明显的讽刺意味。

“那是济慈的诗。”中士告诉他，听起来很是得意。探长狠狠地瞪了他一眼，而后耸耸肩，脱下外套，把它放在壁龛的轮椅上，然后去拿他的公文包。

“简直难以想象这天气会这么好。”卡德瓦拉德警官接着说，“你想想昨晚我们来这里时糟糕的样子，那是这些年里最可怕的雾了。‘黄色的雾在擦拭着窗户玻璃。’这是T.S.艾略特的诗。”他等着探长对他这句引言的回应，但是探长并没有回答，因此他继续说：“难怪加的夫公路事故频发。”

“本来可能会更糟。”探长没什么兴趣。

“噢？是吗？我倒是不太清楚。”卡德瓦拉德说道，想要继续刚刚的话题。“在波斯考尔，那场雾可导致了可怕的灾难。一人死亡，两个孩子重伤。孩子的母亲在那条路上哭到心碎。‘可怜人哭着离开’——”

探长打断他：“负责指纹搜集的人工作做完了吗？”他问道。

年轻人突然意识到自己最好把注意力放回工作，于是卡德瓦拉德警官说道：“是的，先生。已经准备好了。”他从桌上拿起一个文件夹，打开。探长坐在书桌后的椅子上，开始查看文件夹里的文件，并一一记录。“向家庭成员们采集指纹时有碰到什么麻烦吗？”他随意地问道。

“没什么麻烦。”警官告诉他，“他们很乐于帮助……很想协助警方，像您说的，这在意料之中。”

“这我说不准。”探长分析道，“我发现大多数人都会又吵又闹，以为他们的指纹会被归到盗贼档案里去。”他深吸了一口气，伸展手臂，继续研究指纹。“现在，我们来看看。沃里克先生，就是死者。劳拉·沃里克夫人，他的妻子。沃里克老夫人，死者的妈妈。小贾恩·沃里克，班尼特小姐和……这是谁？安格鲁？哦，安吉尔。啊，是的，那是他的男仆，是吗？还有其他两组指纹。现在看看……嗯，这在窗外，酒瓶上还有白兰地玻璃杯上有理查德·沃里克、安吉尔还有劳拉·沃里克夫人的指纹，打火机和左轮手枪上也有夫人的指纹。这个应该是迈克尔·斯塔克韦瑟的。是他递给了沃里克夫人酒，还有他捡到了花园里的枪。”

卡德瓦拉德警官缓缓点了点头：“斯塔克韦瑟先生。”他愤愤不平地说道，声音里满是怀疑。

探长有些吃惊，问道：“你不喜欢他？”

“他在这里干什么？这是我想知道的。”警官回答道，“他的车开进沟里，然后走到一所发生了谋杀案的房子里？”

探长转过椅子，面对着他年轻的同事：“你昨晚也差点把我们的车开进沟里，而后来到一所发生谋杀案的房子里。至于他在这里干什么，他来这……上周他就在附近……想来这里找一所小房子或是小别墅。”

警官看上去依然很不服气，探长转回书桌，继续挖苦道：“他的祖母好像在威尔士，他还是个孩子的时候，通常一放假就来这里。”

警官平静下来，承认道：“啊，现在好了，如果他祖母在威尔士，那就不同了，是吗？”他举起右手，慷慨陈词道：“‘一条路通往伦敦，一条路通向威尔士。我的路带我通向大海，通向白色的风帆。’约翰·梅斯菲尔德①，他是一个优秀的诗人，被低估了。”

探长本想张口抱怨，转念又咧嘴一笑：“我们现在应该从阿巴丹得到斯塔克韦瑟详细的信息报告了，”他告诉年轻的警官，“你有比对他的指纹吗？”

“我派琼斯去他昨晚住的旅馆了，”卡德瓦拉德告诉他的上司，“不过他已经去汽车修理厂看看怎么把车弄出来。琼斯打电话给汽车修理厂，和他通了话。琼斯已经告诉他尽快来警察局作笔录。”

“好的。现在，还有第二组未确认身份的指纹。一个男人将手平放在尸体旁的桌子上留下的指纹，还有落地窗里外的指纹。”

“我敢打赌是麦克格雷格。”警官打了个响指，说道。

“是，有可能，”探长有些犹豫地承认道，“但左轮手枪上却没有这组指纹。当然你可能会觉得用左轮手枪杀人的人，会足够理智，戴上手套。”

---

①约翰·梅斯菲尔德（John Masefield，1878–1967），英国诗人、小说家和剧作家。文中引用的诗句出自《条条大路》（*Roodways*）。

“我不知道，”警官分析道，“像麦克格雷格这种死了孩子，内心不平衡，精神错乱的人，应该不会想到这点。”

“好吧，我们应该很快就能从诺威奇得到麦克格雷格的详细信息。”探长说道。

警官坐到脚凳上：“这真是一个悲伤的故事，无论从哪个角度看。”他分析道，“一个男人，他的妻子死了，唯一的孩子因他人超速驾驶而被撞死亡。”

“如果真的发生了你所说的超速驾驶，”探长不耐烦地纠正道，“理查德·沃里克会被判过失杀人罪，或不管怎样，都会被判违章驾驶的。事实上，他的执照甚至都没批注这件事。”他伸手从公文包里拿出了作案凶器。

“有时候世界上会有一些可怕的谎言，”卡德瓦拉德警官暗暗嘀咕道，“‘主啊主，这世界热爱说谎。’这是莎士比亚说的。”

他的上司站起身来，看着他。过了一会儿，警官让自己冷静下来，而后站起来。“一个男人的手平放在桌上……”探长低声说道，他走到桌旁，还拿着枪，低头看桌面。“真奇怪。”

“也许是家里来客人了。”卡德瓦拉德提到。

“可能吧，”探长同意道，“但据沃里克夫人说，昨天没有来访的客人。那位男仆，他也许能告诉我们更多。你能去找他吗？”

“好的，先生。”卡德瓦拉德说着，就走了出去。现在房间里只剩下探长一人，他把自己的左手摊开放在桌上，俯身朝着椅子，像在看着一个透明人。而后他来到窗边，走到外面，扫视左右两侧。他检查了落地窗的锁，转身回到屋里，这时警官回来了，带来了理查德·沃里克的男仆安吉尔，他穿着一件灰色羊毛外套，里头是白色衬衫，系着黑色领带，底下是一条条纹裤。

"你是亨利·安吉尔？"探长问道。

"是的，先生。"安吉尔回答道。

"坐在那里好吗？"探长说道。

安吉尔走过去坐到沙发上。"那么，"探长继续问道，"你是理查德·沃里克先生的随行护工和贴身男仆，当了多长时间了？"

"三年半了，先生。"安吉尔回答道。他的态度很明确，但是眼里却藏着狡猾。

"你喜欢这份工作吗？"

"我很满意，先生。"安吉尔回答道。

"为沃里克先生工作是什么样的感觉？"探长问他。

"嗯，他很难相处。"

"但总有好处对吗？"

"是的，先生。"安吉尔承认，"报酬很高。"

"这弥补了其他的缺点，是吗？"探长继续问道。

"是的，先生。我想有点积蓄。"

探长坐在扶手椅上，把枪放到旁边的桌子上。"来为沃里克先生工作前，你是做什么的？"他问安吉尔。

"一样的工作，先生。我可以给你看我的推荐信。"仆人回答说，"我希望我可以一直让自己的雇主满意。我为一些相当难搞的雇主或病人工作过，真的。比如说詹姆斯·华里斯顿先生。他现在自愿在一家精神病院住院，是一个非常难搞的人，先生。”他略微压低声音补充道：“毒品。”

“这样，”探长说，“我猜，沃里克先生不吸毒吧？”

“是的，先生。沃里克先生只对白兰地有依赖性。”

“他酗酒，是吗？”探长问道。

“是的，先生。”安吉尔回答说，“他很爱喝酒，但不是一个酒鬼，你懂我的意思吧？他从来没有因此做出什么可怕的事情。”

探长停顿了一会儿，接着问道：“现在，关于枪，手枪，还有猎杀动物这些是怎么回事？”

“嗯，打猎是他的爱好，先生。”安吉尔告诉他，“那些枪，我们称之为‘行业补偿’，他的职业需要他有那些枪。所以我理解，因为他过去是位猎人。他的卧室里有一个小型军火库。”他点头示意，指着这所房子的另外一个房间，“步枪、猎枪、气枪、手枪和左轮手枪。”

“我明白了。”探长说道，“好的，现在你来看看这支枪。”

安吉尔起身走到桌子旁，有些犹豫。“没事，”探长告诉他，“你可以拿起来随意看。”

安吉尔小心翼翼地拿起枪。“你认得吗？”探长问他。

“很难说，先生。”仆人回答道，“看起来像是沃里克的，但我对枪支真的不太了解。我不能肯定这就是昨晚放在他旁边的那把枪。”

“他每晚不是用同一支枪吗？”探长。

“哦，不，他有自己的想法，先生。”安吉尔说，“他总是用不同的枪。”男仆把枪递回给探长，探长接了过去。

“昨晚雾那么大，他还拿着枪做什么？”探长问道。

“这只是一种爱好，先生。”安吉尔回答道，“或者说习惯。”

“好吧，请再坐下好吗？”

安吉尔坐到沙发的一端。探长检查了下枪管，接着问道：“昨晚你什么时候见的沃里克先生？”

“大概九点四十五的时候，先生。”安吉尔告诉他，“他身边有一瓶白兰地和一个玻璃杯，还有他选的手枪。我替他拿好毯子，就道了晚安。”

“他不上床睡觉？”探长问道。

“是的，先生。”仆人说道，“至少平常不会去床上睡。他总是睡在椅子上。早晨六点我会给他送茶，然后会把他带进他的卧室，那里有独立浴室，他在那里洗澡和刮胡子等，之后他通常会睡到午饭时候。我知道他晚上会饱受失眠折磨，所以他宁愿待在轮椅上。他是一位有些古怪的绅士。”

“你离开他时窗户是关着的吗？”

“是的，先生。”安吉尔回答道，“昨晚雾很大，他不想让雾渗进来。”

“好的。窗户关上了。那它锁上了吗？”

“没有，先生。窗户从来不锁。”

“所以他可以随意开窗是吗？”

“哦，是的，先生。你知道他是坐在轮椅上，如果晚上要通风的话，他可以自己转动轮椅到窗户那边打开窗户。”

“我明白了。”探长想了一会儿，然后问道，“昨晚你没听到枪响？”

“是的，先生。”安吉尔回答道。

探长走到沙发旁，看着安吉尔。“枪声不明显吗？”他问道。

“不，不是的，先生。”他回答道，“你要知道，我的房间离这里有一段距离。穿过走廊，在房子的另一侧，得穿过一扇粗呢门。”

“那如果你的主人想叫你过来，这距离不是很尴尬？”

“哦，不会的，先生。”安吉尔说道，“我房间安着响铃。”

“但昨晚他没有按铃？”

“哦，是的，先生。”安吉尔重复道，“如果他按了，我就会醒过来。我可以这么说，铃声非常响亮，先生。”

托马斯探长靠在沙发的扶手上，靠近安吉尔。

“你……”他的声音有些不耐烦，但极力控制，结果刺耳的电话铃声打断了他的讲话。他等着卡德瓦拉德去接电话，但警官似乎正睁眼做梦，嘴唇无声地动着，也许沉浸在某些诗意的思考中。片刻后，他意识到探长在盯着他看，电话还在响。“抱歉，先生，我刚刚正想起一首诗。”他解释道，接着到书桌前接电话。“我是卡德瓦拉德警官。”他说道。停顿了一下，他接着补充道：“啊是的，没错。”随后，他转身朝着探长：“是诺维奇的警察，先生。”

托马斯探长接过卡德瓦拉德手里的电话，坐到书桌旁。“埃德蒙森，是你吗？”他问道，“我是托马斯……明白了，是啊……对……卡尔加里，是的……对……是的，阿姨，什么时候死的？哦，两个月前……是的，我明白了……十八号，第三十四大街，卡尔加里。”他不耐烦地看着卡德瓦拉德，示意他把地址记下来。“是的……哦，是的，是吗？是的，请说慢一点。”他意味深长地看了眼警官。“中等身高，”他重复道，“蓝眼睛，黑色的头发和胡子……是的，就像你说的，你记得这个案子？啊，是他，是吗？有暴力倾向？是的。你正在寄出去吗？对……好的，谢谢你，埃德蒙森。和我说说，你是怎么想的，你的想法？是的，是的，我知道结果是什么，但你是怎么看的？啊，他有过，是吗？之前有过一两次……是，当然，你会做出让步……好吧。谢谢。”

他放下听筒，对警官说道：“是这样，我们有一些关于麦克格雷格的消息。看来他妻子去世后，他从加拿大回到英国把孩子寄放在他妻子在北沃尔舍姆的一个阿姨家，他刚在阿拉斯加找到工作，不能把男孩带在身边。显然，孩子死的时候他非常伤心，发誓要找沃里克报仇。这很正常。不管怎么说，他回到了加拿大。他们有他的地址，之后会发一封电报到卡尔加里。他的那位阿姨大约两个月前去世了。”他突然转过身，看着安吉尔：“安吉尔你那时候在场吧？北沃尔舍姆的那起汽车事故，撞死了一个男孩。”

“哦，是的，先生。”安吉尔回答道，“我记得很清楚。”

探长从书桌旁起身，走到男仆身边。卡德瓦拉德看到书桌后的椅子空着，立刻趁机坐下。“发生了什么事？”探长问安吉尔，“和我说说那次事故的情况。”

“沃里克先生沿着大街行驶，一个小男孩从一栋房子跑出来。”安吉尔告诉他，“或许是旅馆。我猜是这样。车没能停下来。沃里克先生没来得及刹车，就撞到了男孩。”

“他超速行驶了，是吗？”探长问道。

“哦，没有，先生。当时问询的时候已经彻底明确了这点。沃里克先生是在限速范围内开的车。”

“我知道他是这么说的。”探长评价道。

“这是真的，先生。”安吉尔坚持说道，“沃伯顿护士——当时是沃里克先生雇的护士，她也在车里，她也是这么说的。”

探长走到沙发的一头。“她当时恰好在看车速表吗？”他问道。

“我相信沃伯顿护士确实碰巧在看车速表，”安吉尔很快回答道，“她估计他们当时的时速是在二十到二十五英里每小时之间。沃里克先生是完全无罪的。”

“但是男孩的父亲不这么认为？”探长问道。

“也许这也很自然，先生。”安吉尔评论道。

“沃里克先生喝酒了吗？”

安吉尔有些回避。“我想他喝了一杯雪利酒，先生。”他和托马斯探长交换了下眼神。探长走到落地窗前，拿出手帕擤鼻涕。“好吧，我想暂时问到这里就可以了。”他对男仆说。

安吉尔起身走到门口。犹豫了片刻，他转身回到房间。“抱歉，先生。”他说道，“不过沃里克先生是不是开枪自杀了？”

探长面朝着他。“这有待分析。”他说道，“不论是谁开的枪，那人逃跑的时候撞到了斯塔克韦瑟先生。那时斯塔克韦瑟先生正要进屋寻求帮助，碰撞中，那个人落下枪，斯塔克韦瑟先生捡了起来——就是这支枪。”他指着桌上的枪。

“我明白了，先生。谢谢你。”安吉尔说道，转身往门外走去。

“顺便问一句，”探长说道，“昨天有客人来过吗？昨晚上有什么特别的吗？”

安吉尔停顿了一会儿，探长眼里闪过一丝怀疑。“现在我还想不起来，先生。”他回答道。之后他离开房间，关上了门。

托马斯探长走到桌旁。“要是你问我，”他平静地对警官说道，“我会说那家伙真讨厌。说不出什么原因，但我不喜欢他。”

“关于这点，我和你想的一样。”卡德瓦拉德回答道，“我不信任这种人，更重要的是，我觉得那起事故可能有些可疑。”突然意识到探长站在他面前，卡德瓦拉德迅速从椅子上站起来。探长拿起之前卡德瓦拉德做的笔记，开始研读。“现在我怀疑安吉尔是不是知道些什么，他没有告诉我们昨晚的事。”他说道，然后停下。“喂，这是什么？‘十一月的迷雾，十二月却少见。’我想这不是济慈写的吧？”

“不，”卡德瓦拉德自豪地说道，“那是卡德瓦拉德的诗。”

# 第七章

探长将卡德瓦拉德的笔记本重重拍回给他，这时门开了，班尼特小姐走了进来，然后小心翼翼地关上房门。“探长，”她说道，“沃里克夫人非常想见你。她现在有些焦虑。”很快她补充道，“我说的是沃里克老夫人，理查德的母亲。虽然她不承认，但我觉得她现在身体不太好，所以请对她温和一点。你现在能见见她吗？”

“哦，当然了。”探长回答道，“请她进来。”

班尼特小姐打开门，招了招手，沃里克夫人走了进来。“没问题的，沃里克太太。”班尼特小姐向她保证道，之后她离开房间，随手把门关上。

“早上好，夫人。”探长说道。沃里克太太没有回应问候，而是直接切入主题。“告诉我，探长，”她命令道，“你现在有什么进展了吗？”

“现在说还太早，夫人。”他回答道，“但你可以放心，我们正在尽一切努力调查。”

沃里克太太坐在沙发上，手杖靠在胳膊上。“那位麦克格雷格，”她问道，“有人看见他在附近吗？有人注意到他吗？”

“这件事已经在问询了，”探长告诉她，“但是到目前为止，还没有什么陌生人在附近晃荡被发现的消息。”

“那个可怜的小男孩，”沃里克太太继续说道，“我说的是理查德撞到的那位。这一定深深刺激了那位父亲。那时候他们告诉我，他有暴力倾向和偏激行为。我以为那只是当时的自然反应。但是两年后却……这真是难以置信。”

“是啊，”探长说道，“等待的时间似乎有些长。”

“当然，他是个苏格兰人。”沃里克夫人回忆道，“麦克格雷格。一个极有耐心的人，正是苏格兰人的样子。”

“确实是这样。”卡德瓦拉德警官说道，此时他有些忘我，把脑海里想的全说了出来。他继续说道：“世界上没有什么比野心勃勃的苏格兰人更令人印象深刻了。”但探长却瞥了他一眼，表示不赞同，他立刻闭起了嘴。

“您儿子没有得到初步警告吗？”托马斯探长问道，“没有收到恐吓信吗？或是任何这种消息吗？”

“没有，我肯定他没有。”她回答得很坚决，“有的话理查德会说，他只会觉得这种事可笑。”

“他一点都不严肃是吗？”探长猜测道。

“理查德总是对这种危险嗤之以鼻。”沃里克太太说道，听起来很为她的儿子感到自豪。

“事故发生后，”探长继续说，“您儿子给孩子的父亲赔偿了吗？”

“当然了，”沃里克太太回答道，“理查德不是个小气的人。但是他遭到了拒绝，那位父亲很愤怒，可以这么说。”

“是啊。”警官低声说道。

“我知道麦克格雷格的妻子死了，”沃里克夫人回忆道，“这个男孩是他世界上唯一的亲人。这真是场悲剧。”

“但是您认为那不是您儿子的错？”探长问道。沃里克太太没有回答，他重复了自己的问题：“我说，那不是您儿子的错吗？”

她沉默了一会儿，然后回答道：“我听见了。”

“也许您不这么觉得？”探长坚持问道。

沃里克太太转过身去，坐到沙发上，十分尴尬，她的手指戳着沙发垫。“理查德喝多了，”她最后说道，“那天他一直在喝酒。”

“一杯雪利酒？”探长提醒道。

“一杯雪利酒！”沃里克太太苦笑着重复道，“他那天喝得很多，喝得很厉害。那边那个酒瓶子……”她指着落地窗方向，扶手椅旁桌子上的酒瓶，“那个酒瓶每晚都是装满的，到了早上总是空着。”

探长坐在凳子上，面朝着沃里克夫人，平静地说道：“所以你认为你儿子应该为这次事故负责？”

“他当然该负责，”她回答道，“我从未怀疑过这点。”

“但是他被判无罪。”探长提醒她。

沃里克太太笑了。“那个和他在车里的护士？那个女人沃伯顿？”她哼了一声，“她就是个傻瓜，她对理查德很忠诚。我估计他为她的证词付了可观的报酬。”

“你真的知道是这样？”探长尖锐地问道。

沃里克太太的语气同样尖锐，回答道：“我什么都不知道，但我自己能想得到。”

探长走到卡德瓦拉德身旁，拿过他的笔记本，而沃里克夫人接着说道：“我现在把一切都告诉你了。因为你想要真相不是吗？你想确定那个小男孩的父亲有充分的谋杀动机。是的，在我看来是有。只是，我一直没有想到这一点……”她的声音渐渐消失。

探长抬起头，手里还拿着笔记本。“你昨晚什么都没听到吗？”他问道。

“我有点聋，”沃里克太太迅速回答道，“我不知道发生了什么，直到我听到有人说着从我房门经过。之后我就下来了，小贾恩说：‘理查德被枪击了。理查德被枪击了。’我一开始以为……”她用手捂住眼睛，“我以为这是在开玩笑。”

“贾恩是你的小儿子吗？”探长问她。

“他不是我儿子。”沃里克太太回答道。

探长突然望向她，她继续说道：“我和丈夫离婚很多年了。他再婚了。贾恩是他再婚生的儿子。”她停顿了一下，接着说，“听起来很复杂，真的。贾恩的双亲去世后，他就来到了这里。理查德和劳拉那时刚刚结婚，劳拉对理查德这位同父异母的弟弟一直很好。她对他来说就像一个姐姐，真的。”

她停顿了一下，探长趁机引导她谈回理查德·沃里克。“是的，我明白了。”他说道，“不过现在，关于你儿子理查德……”

“我很爱我儿子，探长，”沃里克太太说道，“但我并没有无视他的缺点，那场事故让他双腿残废，从此性情大变。他是一个骄傲的男人，一个热爱户外的人，那次之后他不得不过着废人般的生活，这让他非常难堪。那起事故并没有改善他的性格。”

“好的，我明白了。”探长说，“那你觉得他的婚姻生活幸福吗？”

“这个我一点儿也不知道。”沃里克太太显然不想谈这个问题，“探长，你还有什么想知道的吗？”她问道。

“没有了，谢谢你，沃里克太太。”托马斯探长回答道，“如果可以的话，现在我想和班尼特小姐谈谈。”

沃里克太太站起身来，卡德瓦拉德过去为她开门。“可以，当然了。”她说道，“班尼特小姐。我们都叫她本尼，她肯定能帮到你很多。她很能干，办事效率又高。”

“她跟了你多长时间了？”探长问道。

“哦，很多年了。贾恩小时候由她照顾，在此之前她也照顾过理查德。哦，是这样，她照顾我们所有人。本尼，真的非常忠诚。”到了门口，她向警官点头示意，接着离开了房间。

# 第八章

卡德瓦拉德关上门，背靠着门，看着探长。“理查德 · 沃里克很爱喝酒，是吗？”他说道，“你知道，啊，我以前有听说过他。他的那些手枪、气枪和步枪。要我说，我都有些被搞糊涂了。”

“是啊。”托马斯探长简洁地答道。

电话铃响了。探长意味深长地看着卡德瓦拉德，想让他去接电话。但卡德瓦拉德已经漫步到扶手椅旁坐下，完全沉浸在自己的笔记中，忘记去接电话。过了一会儿，探长意识到卡德瓦拉德的心思已经在别处——毫无疑问是在写诗，他叹了口气，走到桌子旁，拿起话筒。

“你好。”他说道，“是的，请说……斯塔克韦瑟，他进来了？你给他录指纹了？很好……是的……那个，请他等一下……是的，我大约半小时后回来……是的，我想再问他几个问题……是的，再见。”

对话刚结束，班尼特小姐就走进房间，站在门口。卡德瓦拉德注意到她，便起身从扶手椅上站起来，站到椅子背后。“你好？”班尼特小姐有些疑惑地说道，她在和探长说话，“您想问我几个问题是吗？今天上午我有些忙。”

“是的，班尼特小姐。”探长回答说，“诺福克那场撞上孩子的车祸，我想听听你对那件事的看法。”

“麦克格雷格家的孩子？”

“是的，麦克格雷格的孩子。我听说，你昨晚很快就记起了那人的名字。”

班尼特小姐转身关上她身后的门。“是的，”她同意道，“我记名字很厉害。”

“是啊，”探长说道，“那件事你印象挺深的。但你当时不在车里，对吗？”

班尼特小姐坐到沙发上。“是的，是，我当时不在车里。”她告诉他，“当时是沃里克先生的医院护士在，沃伯顿护士。”

“你当时参加审讯了吗？”探长问道。

“没有。”她回答道，“但是理查德回来的时候告诉我们了。他说男孩的父亲威胁过他，说会报复他。当时我们对此并不在意。”

托马斯探长走近她。“你对那次事故有什么特别的印象吗？”他问道。

“我不明白你的意思。”

探长凝视了班尼特小姐好一会儿，然后说道："我的意思是，你认为那是因为沃里克先生喝酒导致的吗？"

她轻蔑地摆了摆手。"哦，我想是他母亲告诉你的，"她哼了一声，"我说，你可不能全盘相信她的话，她对喝酒有偏见。她的丈夫——理查德的父亲，也很爱喝酒。"

"那么，你认为，"探长对她说道，"理查德 · 沃里克的说法是对的，他当时的车速在限速范围内，那起事故是无法避免的。"

"我不明白这为什么不能是事实。"班尼特小姐坚持说道，"沃伯顿护士证实了他的话。"

"她的话可信吗？"

很明显，班尼特小姐似乎把这句话看作是对她职业的污蔑，她有些刻薄地说道："我当然希望如此。毕竟，人们不会到处说谎，尤其是那种事情，对吗？"

卡德瓦拉德一直在听他们的对话，现在突然插嘴进来。"哦，不是这样吗？真的吗？"他叫道，"有时候他们说话的方式，会让你觉得他们的车速不仅是在限速范围之内，同时他们还在倒车呢。"探长对中断的对话感到恼火，慢慢转过身来，看着警官。班尼特小姐也对年轻人的话有些吃惊和尴尬。卡德瓦拉德警官再次低头看着自己的笔记，探长转回身去，看着班尼特小姐。"我所得到的消息是这样的，"他告诉她，"在当下的悲痛和压力下，对于杀害了自己孩子的人，一个人可能会很容易去想威胁他，想要复仇。但细想一下，如果情况真的是那样，他肯定会知道那不是理查德·沃里克的错。”

“哦，”班尼特小姐说道，“是的，我明白你的意思了。”

探长慢慢地在房间里走动，继续说道：“另一方面，如果说汽车已经违规驾驶并且超速。如果汽车，我们假设这么说，失去了控制——”

“劳拉告诉你的吗？”班尼特小姐打断他的话。

探长转过身来看着她，听她提到被害者的妻子，有些吃惊。“你凭什么认为是她告诉我的？”他问道。

“我不知道，”班尼特小姐回答道，“我猜的。”她看上去有些困惑地瞥了一眼手表。“就这些了吗？”她问道，“我今天上午很忙。”她走到门口，打开门，正要离开。探长说：“如果可以的话，我想和贾恩谈谈。”

班尼特小姐在门口转过身来。“噢，他今天上午很兴奋。”她说道，声音有些冷酷，“如果你能不找他谈话——又得说起这些，我会很感激。我才刚让他平静下来。”

“对不起，恐怕我们得问他几个问题。”探长坚持道。

班尼特小姐紧紧地关上房门，而后又回到房间。“你为什么不能找到那个男人麦克格雷格，然后问他呢？”她建议道，“他不可能跑得很远。”

“我们会找到他的，别担心。”探长向她保证。

“我希望你能，”班尼特小姐反驳道，“复仇，凭什么，又不是基督教。”

“当然，”探长表示同意，又意味深长地补充道，“特别是事故又不是沃里克的过错，那是无法避免的。”

班尼特小姐尖锐地看了他一眼。停顿了一下后，探长重复道：“我想和贾恩谈谈。”

“我不知道能不能找到他，”班尼特小姐说道，“他可能出去了。”很快她离开了房间。探长看着卡德瓦拉德警官，点头示意门口，警官跟着她出去了。走廊上，班尼特小姐告诫卡德瓦拉德。“你不必惦记他。”她说道。随后她再次回到房间里。“你别惦记那个孩子。”她命令般说道，“他很容易变得不安，会忽然变得兴奋，喜怒无常。”

探长默默地看了她一会儿，然后问道：“他有暴力倾向吗？”

“不，当然没有。他是个非常可爱的男孩，非常温柔，真的很温顺。我只是说你可能会激怒他，像谋杀案这种事对孩子不好。他真的就是这样，就是一个孩子。”

探长坐在书桌后的椅子上。“你不用担心，班尼特小姐，我向你保证，”他告诉她，“我们很清楚这种情况。”

# 第九章

就在这时，卡德瓦拉德警官带着贾恩进来。贾恩冲到探长面前。“你想见我吗？”他兴奋地叫道，“你抓住他了吗？他的衣服上会有血迹吗？”

“现在，贾恩，”班尼特小姐提醒道，“你必须乖乖的。只要回答这位先生的问题就行了。”

贾恩高兴地转头看看班尼特小姐，又回头看着探长。“噢，好的，我会的。”他答应道，“不过我不能问任何问题吗？”

“你当然可以问问题。”探长和蔼地保证道。

班尼特小姐坐到沙发上。“你和他谈，我在这里等。”她说道。

探长迅速起身，走到门边，拉开门。“不了，谢谢你，班尼特小姐。”他坚定地说道，“我们不需要你。你不是说今天上午很忙吗？”

“我愿意留下来。”她坚持道。

“抱歉，”探长的声音有些尖锐，“我们需要一对一交谈。”

班尼特小姐看看探长，再看看卡德瓦拉德警官。意识到自己毫无办法后，她恼怒地哼了一声，昂首阔步地走出房间，探长跟在她身后，关上了门。警官往壁龛处走，准备做笔记，托马斯探长则坐到沙发上。“我猜，”他亲切地说道，“你以前应该一直都没接触过谋杀案，对吗？”

“是的，是的，我没有。”贾恩急切地回答，“这真让人兴奋，不是吗？”他跪坐在脚凳上，“你有什么线索？指纹、血迹或其他什么的？”

“你似乎对血很有兴趣。”探长友好地笑道。

“噢，是的。”贾恩平静而严肃地回答道，“我喜欢血。那是一种美丽的颜色，不是吗？美丽的鲜红。”他也坐到沙发上，紧张地笑着：“理查德打猎，你知道吧，然后猎物就会流血。真的很有趣，不是吗？我是说有趣的是，总爱打猎的理查德居然枪杀自己，你不觉得很有趣吗？”

探长的声音很平静，音调却是干巴巴的。他回答道：“我想这应该是有幽默的一面。”他停顿了一下：“你哥哥，同父异母的哥哥，他死了，你不感到难过吗？”

“难过？”贾恩听起来很惊讶，“因为理查德死了？不，我为什么要难过？”

“好吧，我以为你可能很喜欢他。”探长猜测道。

“喜欢他？！”贾恩大声叫道，听起万分惊讶，“喜欢理查德？不可能的，没有人会喜欢理查德。”

“那我想他的妻子应该很爱他。”探长怂恿道。

贾恩的脸上掠过一丝诧异。“劳拉？”他叫道，“不，我不觉得。她总是站在我这边。”

“站在你这边？”探长问道，“什么意思？”

突然间贾恩看起来有些惊恐。“是的，是的。”他很着急，几乎吼出来，“理查德之前想把我送走。”

“送走？”探长微微鼓励道。

“到那种地方去。”年轻人解释道，“你知道，他们把你送到那里，你就会被关起来，不能出去。他说劳拉有时候会过来看我。”贾恩有些颤抖，随后站起来，背对探长，望着卡德瓦拉德警官。“我不想被关起来。”他继续说道，声音颤抖，“我讨厌被关起来。”

他站在落地窗前，眺望阳台。“我喜欢开阔的地方。”他对他们喊道，“我喜欢我的窗户开着，还有门，这样我才可以确定我能出得去。”他转身回到屋里，“但是现在没人能把我关起来了，是吗？”

“是的，小伙子。”探长向他保证道，“我想不会有的。”

“理查德死了就没有了。”贾恩补充道。那一刻，他听起来几乎有些得意。

探长站起身来，围着沙发踱步。“理查德想让你被关起来？”他问道。

“劳拉说他只是逗逗我。”贾恩告诉他，“她说那就是说说而已，她说一切都很好，只要她在这里，她就一定不会让我被关起来。”他坐到扶手椅的扶手上。“我爱劳拉，”他继续说道，紧张而兴奋，“我非常爱劳拉。我们一起度过了很多美好时光。我们去找蝴蝶和鸟蛋，一起玩游戏。伯齐克牌，你知道那种游戏吗？这种游戏很巧妙。还有吃光对手的牌的那种游戏，和劳拉一起玩儿真的很有趣。”

探长走过来，倚靠在椅子的另一边。他语气十分温和地问道：“我想你应该不记得诺福克那次事故了，是吗？有一个小男孩被撞的那次？”

“哦，是啊，我记得。”贾恩有些雀跃地回答道，“理查德去审讯会了。”

“是的，没错。你还记得其他什么吗？”探长鼓励道。

“我们那天午餐吃的是三文鱼。”贾恩立即说道，“理查德和沃比一起回来的。沃比有些慌乱，但理查德在笑。”

“沃比？”探长询问道，“是那位沃伯顿护士吗？”

“是的，沃比。我不太喜欢她。但那天理查德对她很满意，他不停地说，‘太好了，沃比’。”

门突然开了，劳拉·沃里克走了进来。卡德瓦拉德警官走到她面前，这时贾恩喊道：“你好啊，劳拉。”

“我打搅你们了吗？”劳拉问探长。

“不，当然没有，沃里克太太。”他回答道，“请坐下好吗？”

劳拉走进房间，警官关上她身后的门。“贾恩他……”劳拉刚开口，就又停了下来。

“我只是问问他，”探长解释道，“是否记得诺福克事故男孩的事，那位麦克格雷格男孩。”

劳拉坐在沙发的一端。“你还记得吗，贾恩？”她问他。

“我当然记得，”小伙子急切地回答道，“我什么都记得。”他转向探长。“我已经告诉你了，不是吗？”他问道。

探长没有直接回答他。相反，他慢慢地走到沙发旁，看着劳拉·沃里克，问道：“关于那场事故您知道些什么呢，沃里克夫人？那天你丈夫审讯回来后，你们有没有讨论过？”

“我不记得了。”劳拉立刻回答道。

贾恩迅速起身朝她走去。“哦，你记得，你当然会记得，劳拉。”他提醒道，“你难道不记得理查德说，这个世界上，多一个少一个乳臭未干的小子都没什么区别吗？”

劳拉站起身来。“请……”她恳求道。

“没关系，沃里克太太。”托马斯探长轻声保证道，“这很重要，我们需要了解那次事故的真相。毕竟，这可能是凶手的作案动机。”

“哦，是啊。”她叹了口气，“我知道，我知道。”

“你婆婆说，”探长继续说道，“你丈夫那天一直在喝酒。”

“我想他的确喝了，”劳拉承认道，“我并不吃惊。”

探长走过来坐在沙发的一侧。

“你真的见过这个男人吗，麦克格雷格？”他问道。

“不，”劳拉说道，“不，我没有参加审讯。”

“他似乎很记仇。”探长评价道。

劳拉苦笑了一下。“我想他一定饱受痛苦。”她同意道。

贾恩越来越兴奋，他走到他们面前。“如果我有敌人，”他咄咄逼人地喊道，“我就会这么做。我会静静地等，然后我会带着枪在黑暗中悄悄前进。”他假想着朝扶手椅开枪，“砰，砰，砰。”

“安静点，贾恩。”劳拉严厉地命令道。

贾恩突然有些心烦意乱，“你在生我的气吗，劳拉？”他有些幼稚地问道。

“没有，亲爱的。”劳拉安慰他说，“我没生气。但你尽量不要这么激动。”

“我不激动。”贾恩坚持道。

# 第十章

斯塔克韦瑟和警员们已经一同走到门口的台阶上。班尼特小姐穿过前厅，此时停下来让他们进屋。

“早上好，班尼特小姐。”斯塔克韦瑟向她问候道，“我来见托马斯探长。”

班尼特小姐点点头：“早上好……噢，早上好，警官。他们俩都在书房里。我不知道发生了什么事。”

“早上好，女士。”警察回答道，“我把这些东西拿来交给探长。也许卡德瓦拉德警官可以出来拿。”

“怎么回事？”劳拉听见外面的说话声，问道。

探长站起身来，向门口走去：“听起来像是斯塔克韦瑟先生回来了。”

斯塔克韦瑟走进房间，卡德瓦拉德警官去门厅接待警员。与此同时，贾恩往扶手椅一坐，急切地观察事情的发展状况。

“听着，”斯塔克韦瑟走进房间，大声说道，“我不能整天在警察局混日子。我已经给你我的指纹了，他们还是坚持带我来这里。我还有事情要做，我今天已经和两个房地产经纪人有约了。”突然他注意到劳拉。“噢，早上好，沃里克太太，”他向她打招呼，“我对发生的这一切感到抱歉。”

“早上好。”劳拉回答道。

探长走到扶手椅旁的桌子。“斯塔克韦瑟先生，昨晚，”他问道，“你有把手放在这张桌子上，然后把窗户打开吗？”

斯塔克韦瑟同他站在桌旁。“我不知道，”他承认道，“我应该这样做了。这很重要吗？我记不起来了。”

卡德瓦拉德警官回到房间里，手里拿着一个文件。他把门关上后，走到探长面前。“这里是斯塔克韦瑟先生的指纹，长官，”他说，“刚刚一位警员带来的文件，还有弹道学报告。”

“啊，来看看，”探长说道，“杀死理查德的子弹肯定是这把枪的。至于指纹，我们很快就会知道。”他走到桌旁的椅子上坐下，开始研究文件，警官则走到壁龛。沉默一阵后，一直目不转睛地盯着斯塔克韦瑟的贾恩问道：“你刚从阿巴丹回来是吗？阿巴丹什么样呢？”

“那里很热。”斯塔克韦瑟只是这样回答道，随后转向劳拉。“沃里克太太，你今天还好吗？”他问道，“感觉好些了吗？”

“哦，好些了，谢谢你。”劳拉回答道，“我现在没那么震惊了。”

“那就好。”斯塔克韦瑟说道。

探长起身，走近正坐在沙发上的斯塔克韦瑟。“你的指纹，”他说，“窗户、酒瓶、玻璃和打火机上有。但桌上的指纹不是你的。那是一组完全不明身份的指纹。”他环视了一圈房间。“那就没问题了，”他继续说道，“这里没来过客人。”他停下来，看着劳拉，“昨晚？”

“没有。”劳拉向他保证道。

“那一定是麦克格雷格的。”探长继续说道。

“麦克格雷格？”斯塔克韦瑟问道，他看着劳拉。

“你听起来很吃惊。”探长说道。

“是的……我是说，”斯塔克韦瑟承认道，“我是说，我以为他戴了手套。”

探长点了点头。“你说得对，”他表示同意，“他拿左轮手枪时是戴了手套。”

“当时有争吵声吗？”斯塔克韦瑟朝劳拉·沃里克问道，“除了枪击之外，还有听到别的吗？”

仿佛费了很大劲儿般，劳拉回答道：“我……我们……我和本尼，就是……我们只听到了枪响。当时我们都在楼上，听不到其他任何声音。”

卡德瓦拉德警官一直透过壁龛上的小窗户望着花园。这时，他看到有人正穿过草坪往这边走，于是他走到落地窗边。进来的是一位三十多岁的英俊男子，中等身材、金发、蓝眼睛，颇有点军人气质。他在门口停了一会儿，看起来很着急。贾恩，房间里第二个注意到他的人，此时兴奋地尖叫道："朱利安！朱利安！"

来人看看贾恩，然后转身看着劳拉。"劳拉！"他叫道，"我刚听说这事。真的感到抱歉。"

"早上好，法勒少校。"托马斯探长同他打招呼。

朱利安·法勒转身看着探长。他说："这事真是非同寻常。可怜的理查德。"

"他那时就躺在轮椅上。"贾恩兴奋地告诉法勒，"他整个人都瘫在那里。胸口上还有一张纸条。你知道上面写了什么吗？上面写着'一并奉还'。"

"是啊。好啦好啦，贾恩。"朱利安·法勒低声道，说着拍了拍男孩的肩膀。

"真的很令人激动，不是吗？"贾恩继续高兴地看着他。

法勒转过身去。"是，是的，当然令人激动。"他安抚着贾恩，说话间望着斯塔克韦瑟，有些疑惑。

探长帮忙为他们介绍彼此："这位是斯塔克韦瑟先生，法勒少校，他可能会成为我们下一届议会议员。他正在竞选。"

斯塔克韦瑟同朱利安·法勒握手，礼貌地互相轻声问候道："你好啊。"探长这时候走开，将卡德瓦拉德警官叫过来一同商议。斯塔克韦瑟此时同法勒少校解释道："我的车开进沟里了，所以我就走到房子这边，看看能不能借用电话，寻求帮助。正好那时一个男人从房子里冲出来，几乎把我撞倒。"

“不过这个人去哪儿了呢？”法勒问道。

“不知道。”斯塔克韦瑟回答道，“他消失在迷雾中，就像魔术表演一般。”他转身离开了，而贾恩这时跪在扶手椅上，期待地望着法勒：“你告诉过理查德总有一天会有人开枪杀死他，是吧？朱利安？”

房间里突然一片寂静，所有人都看着朱利安·法勒。

法勒想了一会儿：“是吗？我不记得了。”他有些生硬地说道。

“嗯，真的，你说过的。”贾恩坚持道，“一天晚饭的时候。那天你和理查德在争论什么，你说：‘理查德，总有一天会有人一枪射爆你的头。’”

探长评价道：“很准确的预言。”

朱利安·法勒走到脚凳另一侧坐下。“哦，是这样，”他说道，“理查德，还有他的枪，真的是大麻烦。人们很不喜欢，还有那个家伙，劳拉你还记得吗？你的园丁，格里菲斯。你知道，理查德解雇了他。格里菲斯肯定不止对我说过一次：‘你等着看，总有一天，我会带上我的枪，杀了沃里克先生。’”

“哦，格里菲斯绝不会那样做的。”劳拉很快大声说道。

法勒看起来有些懊悔。“不，不，当然不会。”他承认道，“我……我不是这个意思。我的意思是说，人们经常对理查德说出这样的话。”

为了掩盖他的尴尬，他拿出香烟盒，抽出一根烟。

探长坐在书桌椅上，若有所思。斯塔克韦瑟站在壁龛附近的角落，靠贾恩很近，此时饶有兴趣地注视着法勒。

“我真希望我昨晚过来了。”朱利安·法勒说道，没有特意针对谁，“我本是这么打算的。”

“可是昨晚那场大雾，”劳拉平静地说道，“你过不来。”

“是啊，”法勒回答说，“昨晚我和委员会成员们一起吃饭。他们发现有大雾后，就早早回家了。我当时想去看看你，但还是觉得算了。”他摸了摸口袋后问道：“有谁有火柴吗？我好像弄丢了打火机。”

他环顾四周，突然注意到劳拉头天晚上放在桌上的打火机。他起身走过去拿起来，斯塔克韦瑟看着他。“哦，在这儿。”法勒说道，“我真不知道把它落在哪儿了。”

“朱利安……”劳拉开始说道。

“怎么了？”法勒递给她一支烟，她接过去，“我对这一切感到非常难过，劳拉。”他说道，“如果有什么我能做的……”他的声音渐渐变弱，显得有些优柔寡断。

“是的。是的，我知道。”劳拉回答道，法勒点燃了香烟。

贾恩突然转头和斯塔克韦瑟说话：“斯塔克韦瑟先生，你会开枪吗？”他问道，“我可以，你知道。理查德过去偶尔让我试过。当然，我没他那么厉害。”

“真的吗？”斯塔克韦瑟对贾恩说道，“他拿什么枪给你用呢？”

看见贾恩吸引了斯塔克韦瑟的注意，劳拉迅速抓紧机会和朱利安说话。

“朱利安，我必须和你谈谈，必须。”她轻声低语道。

法勒的声音同样很低。“小心点。”他警告道。

“是口径点二二的枪。”贾恩告诉斯塔克韦瑟，“我很擅长射击，对吗，朱利安？”他走到朱利安·法勒面前，“你还记得那次你带我去展会吗？我撞倒了两个瓶子，不是吗？”

“是啊，乖小伙，”法勒安抚他道，“你的眼力很好，这是最重要的。打板球也需要好眼力，去年夏天的那场比赛可真是轰动啊。”他补充道。

贾恩高兴地朝他笑了笑，然后坐回凳子上，看着对面正阅览桌上文件的探长。沉默了一会儿，斯塔克韦瑟取出一支香烟，问劳拉：“你介意我抽烟吗？”

“当然不会。”劳拉回答说。

斯塔克韦瑟转头看着朱利安·法勒。“我可以借用一下你的打火机吗？”

“当然。”法勒说，“给。”

“啊，打火机很不错。”斯塔克韦瑟评论道，点燃了香烟。

劳拉突然身形一晃，又定了定身形。“是的。”法勒漫不经心地说道，“它比大多数的都要好用。”

“是挺与众不同的。”斯塔克韦瑟仔细端详着说。他迅速地瞥了劳拉一眼，然后又轻声向朱利安·法勒道谢。

贾恩从脚凳起身，走到探长的椅子旁。“理查德有很多枪。”他透露道，“也有气枪。他有一把枪，过去常常在非洲用来猎杀大象。你想看看它们吗？就在理查德的卧室里。”他指着路说。

“好吧。”探长说着，站了起来，“你带我们看看吧。”他笑着看贾恩，亲切地补充道：“你对我们的帮助太大了，你帮了我们不少忙。我们应该带你去警察局。”

他把手放在男孩的肩上，将他带到门口，警官替他们开了门。“斯塔克韦瑟先生，我们不用留你了。”探长在门口同他说道，“你现在可以去做你的事了。只要你和我们保持联系就好。”

“好的。”斯塔克韦瑟回答道。贾恩、探长还有警官离开了房间，警官最后关上门。

# 第十一章

警察和贾恩出去后，房间内一阵尴尬的沉默。随后斯塔克韦瑟说道：“这样，我想我得走了，去看看他们是否已经把我的车从沟里弄了出来。我们似乎没看见这边的路上有车被拖走。”

“是的，”劳拉解释道，“车道在另一侧，那边有一条岔路。”

“是的，我知道。”斯塔克韦瑟回答道，他走到落地窗前，又转过身。“怎么白天看东西这么不一样。”他走到阳台上，这样说道。

他一走，劳拉和朱利安立刻看着对方。“朱利安！”劳拉大声喊道，“那个打火机，我和他说是我的。”

“你说那是你的？和探长说？”法勒说道。

“不是。是他。”

“跟……跟那家伙……”法勒开始说道，突然他们发现斯塔克韦瑟还在窗外的阳台上散步。“劳拉……”他又说道。

“小心点。”劳拉说道，她走到壁龛处的小窗口，向外张望。“他可能在偷听我们说话。”

“他是谁？”法勒问道，“你认识他吗？”

劳拉回到房间中央。“不，我不认识他。”她告诉法勒，“他……他的车出了事，昨晚他来了这里。就在……”

朱利安·法勒拍了拍她搁在沙发背上的手：“没事的，劳拉。你知道我会尽力的。”

“朱利安……指纹。”劳拉喘着粗气说。

“什么指纹？”

“那张桌子，就在那张桌上，还有玻璃窗。那些指纹是你的吗？”

法勒将手移开，暗示斯塔克韦瑟在窗外的露台散步。劳拉没有转身，而是走开几步，大声地说：“朱利安，你太好了，相信你会帮上我们很多忙。”

斯塔克韦瑟还在外面的露台散步。他渐渐走出他们的视线后，劳拉再次转过身看着朱利安·法勒。“那些指纹是你的吗，朱利安？你想想看。”

法勒想了一会儿：“桌子上的……是的……可能是。”

“哦，上帝！”劳拉喊叫道，“我们该怎么办？”

斯塔克韦瑟现在又走近了，正在窗外的露台来回踱步。劳拉吸了一口香烟，“警察认为这是麦克格雷格的。”她告诉朱利安。她绝望地看了他一眼，不再说话，好让对方说说自己的想法。

“好吧，那就没事了。”他回答道，“他们可能会一直这样想。”

“但是假如——”劳拉开始说。

法勒打断了她：“我得走了，”他说道，“我还有约。”他站起身来。“没关系的，劳拉。”他拍了拍她的肩膀说道，“别担心。我保证你会没事的。”

劳拉的表情已经像是濒临崩溃的边缘了。法勒显然没注意到这点，他往落地窗走去。他推开窗户的时候，斯塔克韦瑟正走过来，想进房间。法勒礼貌地躲开了，避免撞到他。

“哦，你现在要走了吗？”斯塔克韦瑟问道。

“是的，”法勒说，“这几天事情多，比较忙。一周后选举就要开始了。”

“哦，我明白。”斯塔克韦瑟回答道，“请原谅我的无知，但你是什么党派？保守党？”

“我是自由党。”法勒说道，听起来有一丝愠怒。

“哦，这个党还在参加竞选吗？”斯塔克韦瑟爽朗地问道。朱利安·法勒狠狠地吸了一口气，一句话没说，离开房间，走时他没有把门关上。斯塔克韦瑟气势汹汹地看着劳拉。“我明白了，”他说，怒气更甚，“或者至少我开始明白了。”

“你是什么意思？”劳拉问道。

“那是你男朋友，不是吗？”他走近她，“现在都说出来吧，好吗？”

“既然你问了，”劳拉有些挑衅地回答道，“是的。”

斯塔克韦瑟沉默地看了她一会儿。“那么，昨晚你有很多事情没告诉我，是吗？”他生气地说道，“这就是你为什么那么匆忙抓起打火机，还说那是你的。”他走了几步，然后转身面对她：“你们在一起多久了？”

“很长时间了。”劳拉平静地说道。

“但你从来没有想离开沃里克，然后和他一走了之？”

“没有，”劳拉回答道，“一方面这里有朱利安的事业。那可能会毁了他的政治事业。”

斯塔克韦瑟没好气地坐在沙发的一端。“噢，选举这几天他做这种事倒是有利于他的事业，是吗？”他厉声说道，“难道他们不介意通奸这种事吗？”

“这里有些特殊情况。”劳拉试图解释道，“他是理查德的朋友，而且理查德是个跛子……”

“哦，是的，我明白了。这宣传效果肯定也不会好。”斯塔克韦瑟反驳道。

劳拉走到沙发前，站在那里看着他。“我想，你认为我应该昨晚告诉你这件事？”她冷冰冰地说道。

斯塔克韦瑟不再看她。“你没有义务。”他喃喃道。

劳拉似乎缓和了一点。“我以为这不重要。”她开始说道，“我的意思是，我能想到的只是，是我开枪杀了理查德。”

斯塔克韦瑟似乎又有些同情她了，他喃喃地说道：“是，是，我知道。”沉默了一会儿，他补充道：“换成我，我也想不到别的。”他又停了下来，然后抬头看着她，“你想做个小实验吗？”他问道，“你开枪打死理查德时，站在哪儿？”

“我站在哪儿？”劳拉附和道，听起来很困惑。

“没错，你站在哪儿。”

劳拉想了一会儿，回答道：“噢，就在那边。”她朝着落地窗，有些茫然地抬了抬下巴示意道。

“站到那里去。”斯塔克韦瑟指挥道。

劳拉站起来，有些不安地移动着。“我……我记不起来了，”她告诉他，“别叫我记起来。”现在她听起来很害怕。“我……我很心烦。我——”

斯塔克韦瑟打断她。“你丈夫对你说了些什么？”他提醒道，“是什么话让你去夺枪的。”

他从沙发上爬起来，坐在桌子旁的扶手椅上，熄灭了香烟。“来吧，演出来看看。”他继续说道，“桌子上有枪。”他从劳拉手中接过香烟，放到烟灰缸里。“现在，你在吵架。你拿起枪……拿起来……”

“我不想！”劳拉喊叫道。

“别傻了，”斯塔克韦瑟咆哮道，“里面没有子弹。来吧，拿起来。把它拿起来。”

劳拉拿起枪，欲言又止。

“你是一把抓起枪，”他提醒道，“不是那样小心翼翼地拿起来。你一把抓起来，然后开枪打了他。告诉我你是怎么做的。”

劳拉笨拙地握着枪，后退了一步。“我……我……”她开口道。

“继续，让我看看。”斯塔克韦瑟喊道。

劳拉试图瞄准。“继续，开枪！”他重复着，仍在喊叫，“里面没有装子弹。”

她还在犹豫，他成功从她手中夺过枪。“我想是的，”他大声说道，“你从来就没用过左轮手枪，你不知道怎么做。”他看着枪，继续说道，“你甚至不知道怎么打开保险。”

他把枪放在脚凳上，走到沙发后面，转身面对她。停顿了一下，他平静地说：“你没有开枪杀死你的丈夫。”

“是我做的。”劳拉坚持道。

“哦，不，你没有。”斯塔克韦瑟重复道。

劳拉听起来很害怕，她问道：“那我为什么要这么说呢？”

斯塔克韦瑟深吸一口气。他绕到沙发前，重重地摔坐在上面。“对我来说，答案似乎很明显。因为是朱利安·法勒杀了他。”他反驳道。

“没有。”劳拉几乎是喊着叫出声来。

“是他！”

“没有！”她重复道。

“我说是他。”他坚持说道。

“如果是朱利安。”劳拉问他，“我为什么要说是我干的？”

斯塔克韦瑟直视着她。“因为，”他说，“你想得很对，我会帮你掩盖犯罪事实。哦，是的，你是对的。”他躺到沙发上，继续说道："是的，你很成功地耍了我。我完了，听到了吗？我完了。如果我要为了朱利安·法勒的脸面撒一堆谎，我就彻底完了。"

房间里一阵沉默。良久，劳拉什么也没说。她笑了，冷静地走到扶手椅旁的桌子边，拿起烟。她回头看着斯塔克韦瑟，说道："哦，是的，你完了！你必须这么做，你现在无路可退，你已经告诉了警察，你不能改变自己的证词。"

"你说什么？"斯塔克韦瑟倒抽一口气，吓了一跳。

劳拉坐在扶手椅上。"不管你知道什么，或者你觉得知道什么，"她对他说道，"你必须坚持你的证词。你是从犯，你自己说过的。"她吸了一口香烟。

斯塔克韦瑟起身看着她，目瞪口呆，他喊道："好吧，我完了！你这个小婊子！"他瞪了她一会儿，没说什么，突然转过身，快速走到落地窗前，离开了房间。劳拉看着他大步穿过花园。她身形一晃，像是要跟过去把他叫回来，不过随后她像是想清楚了，脸上带着不安的表情，慢慢转过身，从窗户边走开了。

# 第十二章

那天晚些时候，接近傍晚时分，朱利安·法勒在书房里紧张不安地来回踱步。阳台上的落地窗开着，太阳即将落山，金色的阳光照着窗外的草坪。劳拉·沃里克将他叫来，显然是迫切需要见到他。等劳拉时，他不停地看着手表。

法勒似乎有些心烦意乱。他朝露台望去，又转身走进房间，看了看手表。随后，他注意到扶手椅旁的桌子上有一张报纸，他拿了起来。这是当地报纸《西部回声》，头版报道了理查德·沃里克去世的消息，“本地的知名人物遭神秘袭击者杀害”，标题这样写道。法勒坐在扶手椅上，开始紧张地阅读新闻。过了一会儿，他把报纸扔到一边，大步走到落地窗前。他最后扫视了一眼房间，便走出去，穿过草坪。走到一半时，他听到身后有声音。他转过身，说道：“劳拉，对不起，我……”而后他停了下来，有些失望地发现朝他走来的并不是劳拉·沃里克，而是安吉尔，已故的理查德·沃里克的贴身男仆与管家。

“先生，沃里克夫人让我告诉您她一会儿就下来。”安吉尔走近法勒，这样说道，“但是我能和您简单说两句吗？”

“可以，可以。什么事？”

安吉尔走到朱利安·法勒面前，他们走到离房子几步远的地方，仿佛是担心谈话被偷听。“嗯？”法勒边说，边跟在安吉尔身后。

“我很担心，先生。”安吉尔说道，“关于我在这个家的地位，我觉得我应该向您请教一下。”

朱利安·法勒脑子里全是自己的烦心事，对他的问题实在不感兴趣。“嗯，有什么问题吗？”他问道。

安吉尔想了一会儿才回答。“先生，沃里克先生死了，”他说道，“这样我就没有工作了。”

“是的。是的，我想是这样。”法勒回应道，“但是我想你会很容易找到另一份工作，不是吗？”

“我希望如此，先生。”安吉尔回答道。

“你的工作能力合格，对吗？”法勒问道。

“哦，是的，先生。我的工作能力可以。”安吉尔说道，“我总能在医院找到工作或当管家男仆什么的，这我知道。”

“那你是怎么了？”

“是这样的，先生，”安吉尔说道，“在这种情况下结束这份工作，实在令我不快。”

“说明白些，”法勒说道，“你不想同谋杀扯上关系，是吗？”

“你可以这样说，先生。”仆人坚定地说道。

“是这样，”法勒说，“这恐怕没人能帮到你。你会从沃里克太太那里得到一份满意的推荐信。”他拿出烟盒打开。

“我想这没什么困难，先生。”安吉尔回答道，“沃里克太太是一位非常漂亮的女士，非常迷人，可以这么说。”他的语气里有一丝暗示。

朱利安·法勒，已经决定返回去等劳拉，正准备走回房子。这时他转过身来，听到男仆话里有话，有些震惊。“你什么意思？”他轻声问道。

“我不想造成沃里克太太任何不便。”安吉尔假惺惺地回答道。

说话前，法勒从烟盒里抽出一支烟，然后把盒子放回口袋。“你是说，”他说，“你不想再替她做事了？”

“您说得对，先生，”安吉尔肯定道，“我还在这所房子里帮忙做事。但这不完全是我想要的。”他停顿了一下，接着说：“这只是我的良心使然，先生。”

“你到底什么意思？你的良心？”法勒问道。

安吉尔看起来有些不自然，但他听起来依然那么自信，他继续说：“我想你并不重视我的困境，先生。关于向警方提交证据的时候，我很为难。作为一个公民，不管怎样，我都有责任协助警方。但同时，我也希望对自己的雇主保有忠诚。”

朱利安·法勒转过身去，点燃香烟。“你的话前后矛盾。”他平静地说道。

“如果您仔细想一想，先生，”安吉尔说道，“你会发现，这其中一定会有矛盾——忠诚的矛盾，如果可以这么说的话。”

法勒直视着男仆。“你究竟想说什么，安吉尔？”他问道。

“警察先生们关注的案件背景似乎不太对。”安吉尔回答道，“案件背景可能……我只是说可能……在这种案子里很重要。还有，近来我饱受失眠的折磨。”

“你每晚都失眠吗？”法勒尖锐地问道。

“很不幸，是的，先生，”仆人回答得很流畅，“昨晚我很早就歇息了，但就是睡不着。”

“我感到很抱歉，”法勒冷冷地安慰道，“但真的——”

“你看，先生，”安吉尔继续说道，忽略朱利安的打断，“由于我的卧室在房子里的位置，我已经意识到某些警察还没有充分认识到的事情。”

“你到底想说什么？”法勒冷冷地问道。

“先生，已故的沃里克先生，”安吉尔回答，“是一个生病的瘸子。在这种悲惨的情况下，像沃里克太太这么有魅力的女人……我该怎么说呢？会不会关注一下别处。”

“就这样是吗？”法勒说道，“我不喜欢你说话的腔调，安吉尔。”

“是啊，先生，”安吉尔喃喃道，“但请不要过于在意你的判断。

仔细想想，先生，你也许就会认识到我的困境。我所知道的有关这里的一切，到目前为止我还没向警方传达过一点消息，但我知道，和他们说明情况是我的责任。”

朱利安·法勒冷冷地看着安吉尔。“我想，”他说道，“你说要和警察说明一切的事只是大吹大擂罢了。你真正在做的是暗示你可以挑起麻烦，除非……”他停顿了一下，接着说完：“除非你想怎么样？”

安吉尔耸了耸肩。“我呢，正如你刚才所说，”他说道，“是一名完全合格的护工。但有时，法勒少校，我想要再进一步发展自己的事业。一个小小的……确切地说，不是养老院，而是一个可以容纳五六个病人的机构。当然，我还需要一个助手。患者里可能会有那些在家酒醉难管的先生。就是诸如此类的事情。不幸的是，虽然我已经有了一定的储蓄，但还是不够。我不知道……”他的声音越来越小。

朱利安·法勒完全明白了他的想法。“你想知道，”他说，“我或者我和沃里克太太是否能一起帮你完成这个愿望……”

“我只是好奇，先生，”安吉尔怯怯地回答道，“这会帮你一个大忙。”

“是啊，会的，是吗？”法勒嘲讽地说道。

“您说得太严重了。”安吉尔继续说道，“说得我像是要威胁您挑起事端。我的意思是，我知道那是丑闻。但我一点也不想那样做。我做梦都不想做那样的事。”

“那你到底想说什么，安吉尔？”法勒听起来好像已经开始失去耐心，“你一定知道些什么。”

安吉尔回答前先是自嘲地笑了笑。随后他十分平静却又不失重点地说道：“先生，正如我所说，昨晚我睡得不太好。我躺在床上，听见雾角的响声。我总是能听见那种非常压抑的声音，先生。然后我听见百叶窗的‘砰砰’声。人想睡觉的时候，总是能听见一些恼人的噪音。于是我起身，把头探出窗户向外望。似乎是厨房窗户的百叶窗在响，几乎就在我房间楼下。”

“是吗？”法勒尖厉地问道。

“于是我决定下楼看看百叶窗，”安吉尔继续说道，“我下楼的时候，听到一声枪响。当时我什么也没想。‘沃里克先生又来了。”我心想。‘但是雾这么大，他肯定看不见，怎么开枪？’之后我走到食品储藏室，然后把百叶窗关上。但是，我站在那里时，不知为何感到有点不安，我听到了窗外的脚步声。”

“你的意思是，”法勒打断道，“那条小路……”他望着那边。

“是的，先生。”安吉尔同意道，“那条通往露台的路，就在房子的拐角处，走过去就能到书房。这条路很少有人走，当然，除了你，先生。你从家里过来这边，这可以算是一条捷径吧？”

他停下来，认真地看着朱利安 · 法勒，而对方只是冷冷地说道：“继续。”

“我当时的感觉，就像我说的，有点不安。”安吉尔说道，“我在想是不是有小偷。后来我看见你从厨房窗口走过，走得很快，匆匆忙忙地走回家，我当时真是松了一口气。”

沉默了一会儿后，法勒说道：“我真不知道你和我说这些，重点在哪里。你的重点是什么？”

安吉尔有些抱歉地咳了一声，回答道：“我只是好奇，您是否向警察提过您昨晚来这里见过沃里克先生？如果您没说的话，假设他们再进一步问我昨晚的事——”

法勒打断他的话。“你知不知道，”他简洁地问道，“敲诈的处罚很严重？”

“敲诈？先生。”安吉尔回答道，听起来有些震惊，“我不明白你的意思。正如我所说，现在的问题是我还没决定好。警察——”

“警察，”法勒尖厉地打断道，“已经认定是谁杀了沃里克先生。那家伙几乎已经被确认是犯人。他们不可能再问你任何问题了。”

“我向你保证，先生，”安吉尔插话道，声音里有一丝警惕，“我只是说——”

“你知道，”法勒又打断道，“昨晚雾那么大，你不可能认得出谁。你只是简单编造了这个故事，以便……”当看见劳拉·沃里克从房子里走出来，朝花园走来时，他突然停了下来。

# 第十三章

“对不起，我让你久等了，朱利安。”劳拉走近他们时说道。她奇怪地看着安吉尔和朱利安·法勒，显然他们在交谈。

“也许我可以之后再和您谈谈这件小事，先生。”男仆同法勒低声说道。他向劳拉鞠了一躬，走开了，而后快步穿过花园，走过房子的拐角处。

劳拉看着他远去，随后急切地说：“朱利安，”她说道，“我必须——”

法勒打断了她：“你为什么派人来找我，劳拉？”他问道，听起来很生气。

“我等了你一整天。”劳拉惊讶地回答道。

“我从今天早上开始就已经忙昏了。”法勒大声喊道，“委员会，今天下午还有更多的会议。很快就要参加竞选了，我不能不做这些事情。劳拉你不明白吗？不管怎样，我们是不是暂时不要见面的好？”

“但有些事情我们必须讨论。”劳拉告诉他。

法勒拉着她的手臂，带她走到离房子远一些的地方。“你知道安吉尔要敲诈我吗？”他问道。

“安吉尔？”劳拉叫道，有些难以置信，“安吉尔吗？”

“是的。显然他知道我们的事，他也知道，或者假装知道，我昨晚来了这里。”

劳拉喘着粗气：“你是说他看见你了？”

“他说他看见了我。”法勒大声说道。

“但雾那么大，他不可能看见。”劳拉坚持道。

“但他还说了一些事，”他告诉她，“他说自己到楼下厨房里，关起百叶窗，于是他看到我正走回家。他还说，不久前他听到了一声枪响，但他没多想。”

“哦，我的上帝！”劳拉气喘吁吁地说，“糟透了，我们该怎么办？”

他无意间做了一个动作，仿佛想给劳拉一个安慰的拥抱，而后，他瞟一眼旁边的房子，想想还是算了。他目不转睛地注视着她。“我还不知道我们应该做什么，”他告诉她，“我们得好好想想。”

“你不会给他钱，对吗？”

“不，不会，”法勒安慰她道，“如果这样做，那一切都完了。但是究竟该怎么办呢？”他用手捂住额头。“我没想到会有人知道我昨晚来过，”他继续说道，“我确定我的管家不知道。重点是，安吉尔是不是真的看见过我，或者他是在骗我？”

“要是他真的去找警察怎么办？”劳拉颤抖着问道。

“我明白，”法勒喃喃说道，再次抬起手捂着额头，“我得想想——仔细想想。”他开始来回踱步。“要么我就使劲抵赖——就说他在撒谎，我昨晚从来没有离开过家门——”

“但是有指纹。”劳拉告诉他。

“什么指纹？”法勒问道，显然吓了一跳。

“你忘了，”劳拉提醒他，“桌上的指纹。警方一直认为那些指纹是麦克格雷格的，但如果安吉尔告诉警方你的事，他们就会采集你的指纹，然后——”

她不再说下去。朱利安·法勒现在看起来十分忧愁。“是，是，我明白了。”他喃喃说道，“好吧。我得承认我来过这里——我得编个故事。我来找理查德有事，我们谈了谈——”

“你就说，你离开时，他还好好的。”劳拉快速建议道。

法勒看着她，眼底有一丝对她的爱恋。“你说得轻松，”他激动地反驳道。“我真的可以这么说吗？”他又讽刺道。

“你必须得说点什么。”她告诉他，听起来很是谨慎。

“是的，我俯身看时，一定把手放在那儿了。”他咽了咽口水，仿佛场景再现眼前。

“只要他们相信指纹是麦克格雷格的。”劳拉急切地说。

“麦克格雷格，麦克格雷格！”法勒气愤地喊道。他现在几乎是在大吼大叫了：“到底为什么你要伪造报纸上的信息放在理查德身上？你不是在瞎冒险吗？”

“是……不是……我不知道。”一片混乱中，劳拉叫喊道。

法勒看着她，有一丝厌恶：“该死的冷血家伙。”他喃喃道。

“我们本该好好想想。”劳拉叹了口气，“可我……我就是没法思考。这是迈克尔的主意。”

“迈克尔？”

“迈克尔·斯塔克韦瑟。”劳拉告诉他。

“你是说他帮了你？”法勒问道，听起来很是不可思议。

“是的，是的，是的。”劳拉不耐烦地叫起来，“这就是为什么我想见你，向你解释。”

法勒走近她。他的语气冷冰冰的，有一丝嫉妒，他坚定地问道：“什么迈克尔？”他冷冷地强调着斯塔克韦瑟的名字，十分气愤，“为什么迈克尔·斯塔克韦瑟会掺和进来？”

“他当时闯进来，发现我在那里。”劳拉告诉他，“我……我当时手里拿着枪……”

“上帝啊！”法勒厌恶地喊道，从她身边走开，“我不知道你是怎么说服他的。”

“是他说服的我。”劳拉悲伤地喃喃道。她走近他。“哦，朱利安……”她开始说道。

她的手正要揽上他的脖子，但被他轻轻地推开了。“我告诉过你，我会尽我所能。”他向她保证道，“不要觉得我不会……不过……”

劳拉直视着他。“你已经变了。”她平静地说道。

“对不起，我不能像从前那样。”法勒绝望地承认道，“发生了这一切，我感觉不一样了。”

“我可以，”劳拉向他保证道，“至少，我想我可以。不管你做了什么，朱利安，我对你的感情都是一样的。”

“现在我们的感情不是重点。”法勒说道，“我们得好好研究一番。”

劳拉看着他。“我知道，”她说道，“我……我告诉斯塔克韦瑟是我……是我杀的人。”

法勒怀疑地看着她：“你这样告诉斯塔克韦瑟的？”

“是的。”

“他同意帮你？这个陌生人？那人一定是疯了！”

劳拉像是有些被刺痛了，反驳道：“我想他可能是有些疯狂。但他很会鼓舞人。”

“所以说没有男人能抗拒得了你。”法勒气愤地喊道，“是吗？”他后退了一步，随后转过身背对她。“同样的，劳拉，这起谋杀……”声音渐渐消失，他摇了摇头。

“我会尽量不去想，”劳拉回答道，“这不是预谋事件，朱利安。那只是一时的冲动。”她近乎哀求道。

“没有必要去回顾这一切，”法勒说道，“我们现在要考虑的是我们要做什么。”

“我知道，”她回答道，“现在有你的指纹和打火机。”

“是啊，”他回忆道，“一定是我弯腰检查尸体时掉的。”

“斯塔克韦瑟知道它是你的，”劳拉告诉他，“但是他什么也做不了。他已经卷进来了。他现在不能改变自己的证词。”

朱利安·法勒看了她一会儿。他说话时声音莫名地有股豪迈。“如果事情败露了，劳拉，我会承担罪责的。”他向她保证道。

“不，我不想让你去。”劳拉喊道。她紧握着他的胳膊，而后紧张地回头看了一眼，又放开他。“我不想让你那么做！”她急切地重复道。

“你不要以为我不知道这一切是怎么发生的。”法勒努力说道，“你拿起枪，在不知道自己在干什么的情况下，开枪打死了他。”

劳拉惊讶得屏住呼吸。“什么？你是想让我说是我杀了他？”她叫喊道。

“不，”法勒回答道，听起来有些尴尬，“我告诉过你，我已经准备好承担罪责了。”

劳拉困惑地摇摇头。“但是你说……”她开始说道，“你说你知道这一切是如何发生的。”

他直视着她。“听着，劳拉，”他说道，“我想你不是故意这么做的。这一切不是有预谋的。我知道不是，我很清楚你开枪打他只是因为——”

劳拉迅速打断他的话。“我开枪杀了他？”她喘着粗气说道，“你真的要假装相信是我杀了他吗？”

法勒转过身去，背对着她，生气地说：“看在上帝的分上，如果我们不对彼此坦诚，那就没办法解决问题。”

劳拉很绝望，但她控制自己不吼出声来，她明确而坚定地说：“我没有开枪打死他，你知道！”

一阵沉默后，朱利安·法勒慢慢转过身，面对着她。“那是谁干的？”他问道。像是突然醒悟一般，他补充道：“劳拉，你是想说是我杀了他吗？”

他们面对面站着，都闭口不言。随后劳拉接着说：“我听到了枪声，朱利安。”她深吸了一口气，继续说道：“我听到枪声，还有你从那条小路离开时的脚步声。我下楼来看，他已经死了。”

停顿了一会儿，法勒平静地说：“劳拉，我没有开枪杀他。”他抬头望着天空，仿佛在寻求帮助，或是一点启示，而后他凝神望着她。“我来这儿是为了见理查德。”他解释道，“我想告诉他，选举后我们必须就离婚问题达成一些协议。我刚到这里就听到一声枪响。我当时只是觉得这是理查德像往常一样，在开枪玩。我进了房间，他就坐在那边，已经死了。但他的身体还是温热的。”

劳拉现在十分困惑。“温热的？”她附和道。

“当时他死还没超过两分钟。”法勒说道，“我当然以为是你开的枪，不然还有谁会这样做？”

“我不明白。”劳拉喃喃道。

“我想……我想可能是自杀。”法勒开始说道，但劳拉打断他，“不，不可能，因为——”

她突然停下，因为他们都听到了贾恩在房子里兴奋地大喊大叫。

# 第十四章

朱利安 · 法勒和劳拉往家里跑去，刚好贾恩出现在落地窗门口，他们差点撞到彼此。“劳拉！”贾恩喊道，劳拉则轻轻地推着他进书房。“劳拉，既然理查德已经死了，那他所有的手枪、猎枪还有别的东西归我了，对吗？我是说，我是他的弟弟，我是家里下一个当家做主的男人。”

朱利安 · 法勒跟着他们走进房间，有些心烦意乱地走到对面的扶手椅旁，坐在其中一侧的扶手上，而劳拉则试图安抚贾恩，他现在正任性地抱怨着：“本尼不会给我这些枪，她把它们都锁在橱柜里了。”他朝门摆了摆手，“但它们是我的，我有权利拥有。让她把钥匙给我。”

“听着，亲爱的。”劳拉开口说道。但是贾恩不愿被打断，他迅速走向门口，然后转过身来，说道：“她把我当成孩子。我是说本尼。每个人都把我当小孩子看待。但我不是孩子，我是个男人，我都快成年了。”他伸展胳膊，挡在门口，像是在保护他的枪。“理查德所有用来打猎的东西都属于我。我要去做理查德做的事，我要去猎杀松鼠、鸟，还有猫。”他笑得有些歇斯底里，“如果我不开心的话，我也会开枪杀人。”

“你别激动，贾恩。”劳拉警告他。

“我不是激动，”贾恩任性地喊道，“但我不要变成……叫什么来着……变成受害者。”他回到房间中央，直接和劳拉面对面。“我现在是这里的主人。我是这所房子的主人。每个人都要按我说的做。”他停顿了一下，然后转身看着朱利安·法勒。“如果我愿意的话，我可以做一名治安官，对吗，朱利安？”

“我想你还太年轻了些。”法勒告诉他。

贾恩耸耸肩，转身看着劳拉：“你们都把我当小孩看，”他又抱怨了一次，“但你们不能再这样了——现在理查德都死了。”他扑倒在沙发上，双腿伸展着。“我也想变得富有，不行吗？”他补充道，“这房子是我的，没有人能再欺负我了。我现在可以欺负他们了。我才不会被笨蛋老本尼摆布。如果本尼再想命令我，我就……”他停顿了一下，然后又幼稚地补充道：“我知道自己要做什么！”

劳拉走近他。“听着，亲爱的，”她轻声说道，“这段时间我们所有人都不好过，理查德的东西现在不属于任何人，我们只能等律师来宣读他的遗嘱，认证遗嘱的合法性。任何人死后，都有这样的流程。在那之前，我们都得等着。你明白了吗？”

劳拉的语气像是有镇静安抚的作用，贾恩抬头看着她，然后搂着她的腰，依偎着她。“我明白你说的，劳拉，”他说道，“我爱你，劳拉。我非常爱你。”

“是的，亲爱的，”劳拉低声安慰道，“我也爱你。”

“理查德死了，你很高兴对吗？”贾恩突然问道。

劳拉有些吃惊，连忙回答：“不会，我当然不高兴了。”

“哦，不，你高兴。”贾恩有些狡猾地说道，“现在你可以嫁给朱利安了。”

朱利安站起身来，劳拉赶忙看着他，贾恩继续说道：“你想嫁给朱利安很久了，不是吗？我知道。他们以为我没有注意到这些事。但我确实知道。现在你们俩可以顺顺利利了，这一切就是为你们精心准备的，你们都很高兴。你们很高兴，因为……”

他突然停下，因为他听见班尼特小姐在外面的走廊上喊他的名字：“贾恩！”随后贾恩大笑：“笨蛋老本尼！”他边叫道，边在沙发上上下弹跳。

“你要对本尼好一点。”劳拉提醒道，把他拉了起来。“她现在有这么多的麻烦，还要操心一切事情。”劳拉带着贾恩走到门口，继续温柔地说：“你必须帮助本尼，贾恩，因为你是家里的男子汉。”

贾恩打开房门，越过劳拉望着朱利安。“好吧，好吧。”他微笑着答应道，“我会的。”他离开房间，关上身后的门，边走边叫道：“本尼！”

劳拉转身看着朱利安·法勒，他已经起身，朝她走过来。“我不知道他知道我们的事。”她大声说道。

“这就是和贾恩这种人在一起的麻烦之处。”法勒反驳道，“你永远不清楚他们知道多少事情。他很好，但也很容易失控，不是吗？”

“是的，他很容易激动。”劳拉承认道，“但既然理查德不能再戏弄他，他会冷静下来的。他会变得更正常些，我相信他会的。”

朱利安·法勒看起来有些怀疑。“好吧，我拿不准。”他开始说道，但斯塔克韦瑟突然出现在落地窗前。

“你好，晚上好。”斯塔克韦瑟喊道，听起来很高兴。

“哦……晚上好。”法勒回应道，欲言又止。

“怎么样？一切都明朗顺利吗？”斯塔克韦瑟打量着两个人，问道。他突然咧嘴一笑。“我明白了，”他说道，“两个人是陪伴，三个人就什么都不是了。”他走进房间：“我不该从窗户进来。绅士会到前门去按门铃，对吗？不过，你看，我一点也不绅士。”

“哦，请……”劳拉说道，但斯塔克韦瑟却打断她的话。“事实上，”他解释道，“我来这儿有两个原因。首先，是和你们告别。我的嫌疑已经被排除了。阿巴丹的高层向警方证实说，我是一个优秀正直的人。所以我现在可以离开了。”

“很抱歉，你这么快就要离开了。”劳拉对他说道，声音里充满了真挚。

“你真好，”斯塔克韦瑟回答道，语气里有一丝淡淡的苦涩，“考虑到我之前插手你家这起谋杀案的做法。”他看了她一会儿，随后走到书桌椅旁。“但我来这里还有另一个原因，”他继续说道，“警察先前让我坐他们的车。尽管他们守口如瓶，但我相信事情发生了变故。”

劳拉惊愕地喘着粗气说道：“警察回来了？”

“是的。”斯塔克韦瑟肯定地说道。

“但我以为他们今天早上就结案了。”劳拉说道。

斯塔克韦瑟给了她一个了然于胸的眼神。“这就是为什么我说发生了变故。”他大声说道。

外面的走廊传来声音。劳拉和朱利安·法勒一起去开门，是理查德·沃里克的母亲来了，她看起来正直、沉着，尽管还拄着拐杖走路。

“本尼！”沃里克老夫人大声叫道，随后她看见劳拉。“哦，劳拉，你在这儿。我们一直在找你。”

朱利安·法勒过去帮忙搀扶沃里克夫人往扶手椅走。“朱利安你来了，你人真好，”老太太高声说道，“我们都知道你有多忙。”

“我早该来的，沃里克老夫人，”法勒告诉她，扶她坐到椅子上，“但今天特别忙碌。我能做的就是帮助……”这时班尼特小姐走了进来，后面还跟着托马斯探长，于是他没说下去。探长提着公文包，走到房间中央。斯塔克韦瑟坐在椅子上，点燃了一支香烟，卡德瓦拉德警官同安吉尔一起进来，安吉尔走在最后，关起门，背靠着房门。

“我找不到小沃里克先生，长官。”警官边说，边走到落地窗那边。

“他出去了。出去散步了。”班尼特小姐说道。

“没关系。”探长说。他环视房间里的人，有片刻的停顿。他的态度有一种莫名的严峻，这是先前未曾出现的。

在等待托马斯开口一段时间后，沃里克夫人冷冷地问道：“我想你是还有什么问题要问我们吗？”

“是的，沃里克夫人，”他回答道，“恐怕有一些。”

沃里克老夫人的声音听起来很疲惫：“你们还没有麦克格雷格的消息吗？”

“恰恰相反。”

“找到他了？”沃里克夫人急切地问道。

“是的。”探长简单回答道。

聚在一起的人显然有一些兴奋。不过劳拉和朱利安·法勒似乎不信，斯塔克韦瑟则转过椅子，面朝着探长。

班尼特小姐的声音突然响起：“那么你逮捕他了？”

探长看了她一会儿才回答。“恐怕那是不可能的，班尼特小姐。”他告诉她。

“不可能？”沃里克夫人插话道，“这是为什么？”

“因为他死了。”探长平静地回答道。

# 第十五章

托马斯探长宣布消息后，房间里一片死寂。而后，劳拉欲言又止，似乎很害怕，她低声说道：“什……你说什么？”

“我说麦克格雷格已经死了。”探长再次确认道。

房间里每个人都惊异地倒吸一口冷气，探长继续补充他得来的消息。“约翰·麦克格雷格，”他告诉他们，“两年前就在阿拉斯加去世了，就在他从英国回到加拿大后不久。”

“死了！”劳拉大声叫道，十分难以置信。

房间里的人没有注意到，贾恩正迅速从落地窗外的露台走开，离开书房里人们的视线范围。

“现在一切都不同了，对吗？”探长继续说道，“不是约翰·麦克格雷格把复仇字条放在沃里克先生的尸体上的。不过很明显，有人知道麦克格雷格和诺福克的那场事故，所以才把字条放了上去。这起案子一定和这栋房子里的某个人有关。”

“不可能，”班尼特小姐尖声叫道，“不对，本来就可能……当然可能……”她中断了讲话。

“是吗，班尼特小姐？”探长鼓励道。他等了一会儿，但是班尼特小姐没有继续。突然她看起来完全崩溃了，朝落地窗走去。

探长把注意力转向理查德·沃里克的母亲。“你会明白的，夫人。”他说道，想要表达他的同情，“这改变了一切。”

“是的，我明白了。”沃里克老夫人回答道。她站起身来。“你还需要我帮忙吗，探长？”她问道。

“现在不需要，沃里克夫人。”探长告诉她。

“谢谢你。”沃里克夫人喃喃道，她走到门口时，安吉尔赶忙为她开门。朱利安·法勒扶着老夫人走到门口，她离开房间后，法勒走回来，站在扶手椅后面，若有所思。与此同时，托马斯探长打开他的公文包，掏出一把枪。

安吉尔想跟沃里克夫人一起离开房间时，探长有些着急地喊道：“安吉尔！”

男仆转身走进房间，关上门。“是的，先生？”他平静地回答道。

探长走近他，手里拿着作案凶器。“关于这把枪，”他问道，“今天早上你的回答很含糊。现在，你能不能确定枪是沃里克先生的？”

“我不能确定，探长，”安吉尔回答道，“你知道他有那么多枪。”

“这支枪来自北美大陆，”探长边告诉他，边拿出枪放在外面，“我想这是一件战争纪念品。”

他说话时，房间里的人似乎还是没注意到，贾恩穿过外面的露台，往反方向走去，手里还拿着一支他似乎想藏起来的枪。

安吉尔看着枪。“沃里克先生确实有一些外国枪，先生，”他说道，“但他都是亲自照看所有的枪支装备。他不让我碰它们。”

探长转向朱利安·法勒。“法勒，”他说道，“你可能也有这种战争纪念品。对于这种武器你有什么了解吗？”

法勒随意瞥了一眼枪。“恐怕我不太了解。”他回答道。

警察转过身去，把枪放回公文包里。“我和卡德瓦拉德警官，”他宣布道，转身面对着众人，“将要仔细检查沃里克先生收藏的所有武器。我知道他大多数的武器都有许可证。”

“哦，是的，先生。”安吉尔向他保证道，“许可证在他卧室的一个抽屉里。所有的枪支和其他武器都在枪柜里。”

卡德瓦拉德警官走到门口，正要离开房间，却被班尼特小姐叫住。“等一下，”她对他说道，“你需要枪柜的钥匙。”她从口袋里拿出一把钥匙。

“你把它锁起来了？”探长问道，转身看着她，“为什么？”

班尼特小姐的反驳同样尖锐。“我认为你不需要问这种问题，”她厉声说道，“所有的枪支弹药都很危险。每个人都知道这点。”

警官咧嘴一笑，接过她给的钥匙，走到门口后他停了下来，看探长是否要和他一起去。由于班尼特小姐的反驳，探长似乎非常恼火，他说：“安吉尔，我之后要跟你再谈谈。”他拿起公文包，离开房间。警官跟着他，安吉尔打开了大门。

然而，仆人没有立即离开房间。相反，他紧张地瞥了一眼正盯着地板的劳拉，然后走到朱利安·法勒跟前，低声说道：“关于那个小问题，先生。我希望问题能尽快解决。如果你知道要怎么做的话，先生……”

法勒有些艰难地回答说：“我想……事情……能解决。”

“谢谢你，先生。”安吉尔回答道，脸上带着淡淡的微笑，“非常好，谢谢。”他走到门口，正要离开房间的时候，法勒近乎霸道地拦住他：“站住！等等，安吉尔。”

男仆转身看着他，法勒大声叫了一声：“托马斯探长！”

一阵紧张的沉默。过了一两分钟，探长出现在门口，后面跟着警官。“怎么了，少校？”探长平静地问道。

恢复轻松自然的状态后，法勒慢慢走到扶手椅旁。“在你忙起来前，探长，”他说道，“有件事我应该告诉你。真的，我想，我今天早上应该说的。但当时我们都很沮丧。沃里克太太刚刚告诉我，有些指纹你还没确认是谁的。我想说的是，桌子上的那些。”他停顿了一下，又从容不迫地补充道：“探长，那很可能是我的指纹。”

一时无人说话。探长慢慢走近法勒，有些指责的意味，但仍然冷静地问道：“昨晚你来这里了，法勒少校？”

“是的，”法勒回答道，“我过来了，就和平时一样。晚餐过后，我来和理查德聊聊天。”

“然后你发现他……”探长提醒道。

“我发现他情绪很低落，所以我没待多久。”

“是什么时候的事？”

法勒想了一会儿，然后回答说：“我真的不记得了。也许十点，或是十点半。大概那时候吧。”

探长定定地看着他。“你能再说准确些吗？”他问道。

“对不起，我恐怕想不起来了。”法勒立刻回答道。

又是一阵沉默，空气中有些许紧张，探长尽量漫不经心地问：“我想当时你们没有争吵或说什么脏话吧？”

“不，当然没有。”法勒气愤地反驳道。他看了看手表。“我要迟到了，”他说道，“我得在市政厅主持会议。我不能让他们等着。”他转身朝落地窗走去，“那么，如果你不介意的话。”他在露台上停了一下。

“不能让市政厅的人们等。”探长同意道，跟在他后面，“但法勒少校，我相信你能理解，我需要了解你昨晚的一切行程。也许明天上午我们可以谈谈。”他停顿了一下，继续说，“当然，你要知道，你没有义务这样做，这完全取决于你的意愿，你有权让你的律师来，如果你愿意的话。”

沃里克夫人又走进房间。她站在门口，让门开着，听到探长说的最后几句话。朱利安·法勒深呼吸了一口气，像是在消化探长这些话的重点。“我完全理解，”他说道，“我们明天上午十点见好吗？我的律师也会出席。”

法勒从落地窗走出房间，沿着露台离开，这时探长转身看着劳拉·沃里克。“昨晚法勒少校来这里时你看见他了吗？”他问道。

“我……我……”劳拉吞吞吐吐，但斯塔克韦瑟却突然从椅子上跳起来，打断了谈话。他走到他们中间，隔开探长和劳拉。“我觉得沃里克太太现在不想回答任何问题。”他说道。

# 第十六章

斯塔克韦瑟和托马斯探长看着彼此，沉默了一会儿。随后探长说：“你说什么，斯塔克韦瑟先生？”他平静地问道。

“我说，”斯塔克韦瑟回答道，“我认为沃里克太太现在不想回答任何问题。”

“真的吗？”探长咆哮道，“我问你，这和你有什么关系？”

沃里克老夫人也加入到反对阵营中来。“斯塔克韦瑟先生是对的。”她说道。

探长有些疑惑地看向劳拉。她停顿了一下，喃喃地说道：“是的，我现在不想再回答任何问题了。”

探长愤怒地走开，迅速和警官离开了房间，斯塔克韦瑟看起来有些沾沾自喜地笑了。安吉尔跟着他们，关上房门。门关上后，劳拉突然说：“但是我应该回答他的。我必须……我必须告诉他们……”

“斯塔克韦瑟先生是对的，劳拉。”沃里克老夫人有力地说道，“你说得越少越好。”她在房间里走了几步，重重地倚在她的手杖上，然后继续说下去：“我们必须马上跟亚当斯先生联系。”她看向斯塔克韦瑟，解释说：“亚当斯先生是我们的律师。”她瞥了一眼班尼特小姐：“现在给他打电话，本尼。”

班尼特小姐点点头，朝电话走去，但沃里克老夫人拦住了她。“不，用楼上的分机。”她说道。随后接着说：“劳拉，跟她去。”

劳拉站起身来，犹豫了一下，有些茫然地看着她的婆婆，老夫人只是说：“我想和斯塔克韦瑟先生谈谈。”

“但是……”劳拉说道，但立即被沃里克老夫人打断。“别担心，亲爱的，”老太太向她保证道，“照我说的去做。”

劳拉犹豫了一会儿，然后走进大厅，后面跟着班尼特小姐，最后关上门。沃里克夫人立刻走到斯塔克韦瑟面前。“我不知道我们还剩多少时间，”她说着，快速地向门口瞥了一眼，“我需要你帮我。”

斯塔克韦瑟看上去惊讶极了。“怎么帮？”他问道。

停顿了一下后，沃里克老夫人又开口道：“你是个聪明人，而且是个陌生人。你刚进入我们的生活，我们对你一无所知，你和我们也都没有任何关系。”

斯塔克韦瑟点了点头。“不速之客，对吧？”他喃喃说道。他坐在沙发的扶手上。“这话有人对我说过了。”他说道。

“正因为你是个陌生人，”沃里克老夫人接着说，“我想请你帮我做点事。”她穿过落地窗，走到露台上，往两边看去。

停顿了一会儿，斯塔克韦瑟说：“是吗，沃里克夫人？”回到房间里，沃里克老夫人开始有点着急地说道：“直到今天晚上之前，”她告诉他，“这场悲剧有一个合理的解释。一个我儿子伤害过的人——意外地杀死了对方的孩子，来报复他。我知道这听起来很夸张，但毕竟，这种事时有发生。”

“正如你所说。”斯塔克韦瑟说道，禁不住想这场谈话最后的结论是什么。

“但现在，这种解释恐怕不复存在了，”沃里克老夫人继续说道，“这下这场谋杀案又被牵引回了家里。”她朝扶手椅走了几步。“现在，只有两个人肯定不会是凶手。他的妻子和班尼特小姐。枪响的时候她们待在一起。”

斯塔克韦瑟迅速看了她一眼，但他只说了一句：“当然。”

“不过，”沃里克老夫人继续说道，“尽管劳拉不能枪杀她的丈夫，但她知道是谁干的。”

“那她会是从犯，”斯塔克韦瑟说道，“她和朱利安·法勒这家伙合谋？这是您的意思吗？”

沃里克老夫人的脸上露出了恼怒的神色。“我不是那个意思，”她告诉他，很快瞥了一眼房门，继续说，“朱利安·法勒没有杀我的儿子。”

斯塔克韦瑟起身从沙发的扶手上站起来：“您怎么会知道呢？”

他问道。

“我的确知道。”沃里克老夫人回答说。她目不转睛地看着他，“我要告诉你这个陌生人一些我家里没有人知道的事。”她平静地说道，“事情是这样的。我余下的日子不多了。”

“很抱歉。”斯塔克韦瑟开始说道，但沃里克老夫人抬手打断他的话。“我不是为了博同情才告诉你的，”她说道，“我告诉你这个，是为了解释一些难以说明的事情。如果生命还长，有些事情你是不会决定那么做的。”

“比如说？”斯塔克韦瑟悄声问道。

沃里克老夫人目不转睛地注视着他。“首先，我必须告诉你一件事，斯塔克韦瑟先生。”她说道，“我必须告诉你关于我儿子的事。”她走到沙发前坐下。“我很爱我的儿子。孩童时期，还有他年轻时，他有许多优秀的品质。他很成功、足智多谋、勇敢、性格温和，是一个令人愉快的伴侣。”她停顿了一下，似乎在回忆这些，接着她继续说：“我必须承认，他拥有那些美好品质，同时也存在许多缺陷。他很难控制自己。他有一种残暴的性格，致命的傲慢。只要他成功了，一切都很好。但他没有那种应付逆境的能力，这段时间我看着他慢慢地在走下坡路。”

斯塔克韦瑟静静地坐在凳子上，面对着她。

“如果要我说，他已经变成一个怪物了。”理查德·沃里克的母亲说道，“这听起来或许有些夸张。然而，在某些方面，他就是一个怪物——一个自大、傲慢、残忍的怪物。因为他自己受了伤，他就有极大的欲望去伤害别人。因此，其他人也因他而受苦。你明白我的意思吗？”

“我想我明白……”斯塔克韦瑟低声说道。

沃里克老夫人的声音又变得柔和起来：“现在，我很喜欢我的儿媳妇。她做事积极，热心，而且有很强的忍耐力。理查德对她倾心不已，但我不知道她是否真的爱上了他。不过，我要告诉你的是，她做了妻子能做的一切，她一直都默默忍受理查德的病。”

她想了一会儿，继续说话时声音有些悲伤：“但他不接受她的帮助。他拒绝了。我想有时候他恨她，也许这是很自然的事情。所以，事情不可避免地发生了，我想你明白我的意思。劳拉爱上了另一个男人，她要和他在一起。”

斯塔克韦瑟看着沃里克夫人，若有所思。“你为什么要告诉我这些？”他问道。

“因为你是个陌生人。”她坚定地回答道，“这些爱、恨、磨难对你来说毫无意义，所以你可以毫无情绪波动地听他们的故事。”

“可能吧。”

沃里克老夫人像是没听见，她继续说下去。“所以有一段时间，”她说道，“似乎只有做一件事才能解决所有的困难，那就是理查德的死。”

斯塔克韦瑟继续盯着她的脸。“那么，”他喃喃道，“现在恰好理查德死了？”

“是的。”沃里克老夫人回答道。

一阵沉默。斯塔克韦瑟起身站起来，绕开凳子，走到桌子旁掐灭烟头。“恕我直言，沃里克老夫人，”他说道，“你现在是不是在承认杀人罪呢？”

# 第十七章

沃里克夫人沉默了一会儿。随后，她严厉地说："我要问你一个问题，斯塔克韦瑟先生。你能理解一个赋予孩子生命的人，会觉得自己有资格夺走那条生命吗？"

斯塔克韦瑟在房间里踱步，思考着。最后他说："有些母亲确实会杀害她们的孩子，是的。"他承认道，"但这通常是出于一种肮脏的原因——保险，或者是她们已经有两三个孩子了，不想再为另一个孩子操心。"他突然转过身来面对着她，迅速问道："理查德的死能给你带来经济上的好处吗？"

"不，没有。"沃里克老夫人坚定地回答道。

斯塔克韦瑟做了个报歉的手势。"你必须原谅我的坦率……"他开始说道，但却被沃里克夫人打断了，她语气甚是刻薄地问道："你明白我在告诉你什么吗？"

“是的，我想我明白。”他回答道，“你是在告诉我，一个母亲可能会杀了她的儿子。”他走到沙发边，一边俯身靠在沙发上，一边继续说着。“你告诉我——特意地——你可能杀了你的儿子。”他停下来，定定地看着她。“这只是一种可能性吗？”他问道，“还是我可以把这理解成一个事实？”

“我不是在忏悔。”沃里克老夫人回答道，“我只是把一种观点摆在你面前。紧急情况可能会出现在我已经无法再处理的时候。如果发生这样的事情，我希望你能有这个，并好好利用它。”她从口袋里拿出一封信递给他。

斯塔克韦瑟接过信，却说：“这固然很好。但是，我不能待在这里。我要回阿巴丹继续工作。”

沃里克老夫人摆了摆手，觉得他的拒绝无关紧要。“你又不会与世隔绝。”她提醒道，“我猜，阿巴丹也有报纸、广播等。”

“哦，是的，”他同意道，“我们都生活在人类文明之中。”

“那请把信收好。你知道那是写给谁的吗？”

斯塔克韦瑟瞥了一眼信封。“警察局局长，我知道。但我却一点也不清楚你到底在想什么。”他对沃里克老夫人说道，“对一个女人来说，你真的很擅长保守秘密。要么是你自己犯了谋杀罪，要么你知道是谁干的。是这样，对吗？”

她一边看着他一边回答说：“我不打算讨论这件事。”

斯塔克韦瑟坐在扶手椅上。“可是，”他坚持道，“我很想知道你到底在想什么。”

“那我恐怕不能告诉你，”沃里克老夫人反驳道，“正如你所说，我是一个擅长保守秘密的女人。”

斯塔克韦瑟决定尝试不同的办法，他说：“那位仆人——那个照顾你儿子的家伙……”他停顿了一下，似乎想记起仆人的名字。

“你是说安吉尔吧，”沃里克夫人告诉他，“嗯，安吉尔怎么了？”

“你喜欢他吗？”斯塔克韦瑟问道。

“不，我不喜欢他，”她回答道，“但他工作很有效率，伺候理查德很不容易。”

“我想也是，”斯塔克韦瑟说道，“但安吉尔都忍受了那些难处是吗？”

“那是值得的。”沃里克老夫人苦笑着回答道。

斯塔克韦瑟又开始在房间里踱步。随后他转过身，面朝着沃里克老夫人，想让她多说一点，他问道：“理查德捏着他什么把柄吗？”

老太太看上去有点困惑。“把柄？”她重复道，“你什么意思？哦，我明白了。你是说，理查德知不知道安吉尔过去那些败坏之事？”

“是的，我就是这个意思，”斯塔克韦瑟肯定道，“他有安吉尔的把柄是吗？”

沃里克老夫人想了一会儿才回答。“不，我想没有。”她说道。

“我只是怀疑……”他开始说道。

“你的意思是，”沃里克夫人打断他的话，不耐烦地说，“是安吉尔杀了我儿子？我很怀疑。我对此非常怀疑。”

“我明白了。你不相信是他。”斯塔克韦瑟说道，“很遗憾，但确实有可能。”

沃里克老夫人突然站起来。“谢谢你，斯塔克韦瑟先生，”她说道，“你真是太好了。”她伸出一只手来。他对她的唐突感到好笑，他和她握了握手，然后走到门口打开门。过了一会儿，她离开了房间。斯塔克韦瑟关上门后，微笑着。“好了，我算是完了！”他一面看着信封，一面自言自语道，“女人啊女人。”

这时班尼特小姐走进房间，神情沮丧，心事重重，他慌忙把信放进口袋里。“她对你说了些什么？”她用命令的口吻说道。

斯塔克韦瑟吃了一惊，想要拖延时间。“嗯？你说什么？”他回答道。

“沃里克老夫人，她刚刚说了什么？”班尼特小姐又问了一次。

斯塔克韦瑟没有直接回答问题，只是说：“你看起来很不高兴。”

“我当然不高兴，”她回答道，“我知道她能做什么。”

斯塔克韦瑟注视着这位管家，接着问：“沃里克夫人能做什么？谋杀？”

班尼特小姐向他走近一步。“这就是她一直想让你相信的吗？”她问道，“这不是真的，你知道吗？你必须得知道。这不是真的。”

“是吗？这可不能肯定。毕竟是有可能的。”他说道。

“但我告诉你事情不是这样的。”她坚持道。

“你怎么会知道呢？”斯塔克韦瑟问道。

“我知道，”班尼特小姐回答道，“你觉得我对这栋房子里的人还有什么不了解的吗？我和他们一起生活了很多年。很多年。”她坐在扶手椅上，“我很喜欢他们，他们所有人。”

“包括已故的理查德·沃里克？”斯塔克韦瑟问道。

班尼特小姐似乎陷入了沉思。“我曾经喜欢他。”她回答道。

一时无言。斯塔克韦瑟坐在凳子上，定定地看着她，低声说道：“接着说。”

“他变了，”班尼特小姐说道，“他变得扭曲，心态变得完全不同。有时他甚至是个魔鬼。”

“是的，每个人似乎都同意这点。”斯塔克韦瑟说道。

“但如果你认识以前的他。”她开始说。

他打断了她的话：“我不相信。要知道，我觉得本性难移。”

“但理查德变了。”班尼特小姐坚持说道。

“哦，不，他没有。”斯塔克韦瑟反驳道，他继续在房里踱步，“我敢打赌你搞错了。我敢说他一直是个恶魔。我想他就是那种为了成功和快乐或者为了别的什么而隐藏真实自我的人，只要他们能得到他们想要的。但是揭开表面，残忍的那面一直都存在着。”

他转过身去面对着班尼特小姐：“我敢打赌，他一直那么残忍，他可能是学校里的恶霸。当然，他对女人很有吸引力，女人总是被恶霸所吸引。我敢说，打猎时，他发泄了自己那种病态的残忍。”他指着墙上的狩猎奖杯。

“理查德·沃里克一定是一个可怕的利己主义者。”他继续说道，“从你们所有人谈论他的话来看，我就是这么看待他的。他喜欢伪装自己，表面上是个好人，成功、慷慨、亲切，还有其他种种。”斯塔克韦瑟仍在不停地踱步，“但卑劣的一面一直都在。他发生了意外，这一导火索将一切都烧尽，于是你们看见了真实的他。”

班尼特小姐站起来。“我认为你没有资格说这种话。”她愤怒地叫道，“你只是个陌生人，你对这一切一无所知。”

“也许是的，但我听了很多故事。”斯塔克韦瑟反驳道，“每个人似乎都出于某种原因和我谈话。”

“是的，我想是这样。是的，我现在也在和你谈话，对吗？”她又坐下来，承认道，“那是因为我们这里的人，没有人敢跟另一个人谈论这个话题。”她抬头看着他，恳求道：“我希望你不要离开。”

斯塔克韦瑟摇了摇头。他说：“我真的没能帮上什么忙。我所做的，只是闯进屋子，发现了尸体而已。”

“但是是劳拉和我发现了理查德的尸体。”班尼特小姐反驳道。她停顿了一下，而后突然补充道：“是劳拉……你……”她的声音渐渐消失，最终归于沉默。

# 第十八章

斯塔克韦瑟看着班尼特小姐笑了。“你很聪明，是吗？”他打量着她说。

班尼特小姐目不转睛地看着他。“你帮了她，是吗？”她问道，听起来像是在控告他。

他从她身边走开。“你在胡思乱想。”他告诉她。

“哦，不，不是的，”班尼特小姐反驳道，“我希望劳拉快乐。我非常希望她能幸福！”

斯塔克韦瑟转向她，大声说道：“该死的，我也一样！”

班尼特小姐惊奇地看着他，随后她又开始说话。“那样的话，我……我得……”她正说着，就被打断了。斯塔克韦瑟示意她保持沉默，他低声说：“等一下。”他急忙走到落地窗前，打开窗户喊道：“你在做什么？”

班尼特小姐看到贾恩在草坪上，手里还挥舞着一把枪。她迅速走到落地窗前，急切地叫道："贾恩，贾恩，快把枪给我。"

然而贾恩跑得比她快多了。他笑着跑开，一边还喊着："来拿啊！"班尼特小姐跟在他身后，急切地喊着："贾恩！贾恩！"

斯塔克韦瑟往外望着草坪，想看看发生了什么事。而后他转过身来，正要走到门口，这时劳拉突然走进房间。

"探长在哪里？"她问道。

斯塔克韦瑟做了个手势，表示不知道。劳拉关上身后的门，走到他面前。"迈克尔，你必须听我说，"她恳求道，"朱利安没有杀理查德。"

"真的吗？"斯塔克韦瑟冷冷地回答道，"他告诉你的，是吗？"

"你不相信我，但这是真的。"劳拉听起来很绝望。

"你的意思是，你相信它是真的？"斯塔克韦瑟指出。

"不，我知道这是真的。"劳拉回答道，"你看，他以为是我杀了理查德。"

斯塔克韦瑟离开窗户，走回房间。"这不奇怪啊，"他笑着说道，"我也这样想，不是吗？"

劳拉听起来更加绝望了，她坚持说："他以为是我开枪杀了理查德。但他无法应付这件事。这让他觉得……"她停了下来，有些尴尬，然后继续说，"这让他觉得我变得不一样了。"

斯塔克韦瑟冷冷地看着她。"然而，"他指出，"当你以为是他杀了理查德，你就毫不犹豫地把枪拿走了。"突然间，他态度缓和了下来，笑了。“女人真是奇妙。”他喃喃说道，坐在沙发扶手上，“是什么让法勒站出来说，他昨晚来过这里？别告诉我这纯粹是对真相的尊重？”

“是安吉尔，”劳拉回答道，“安吉尔看见，或者他说他看到了朱利安。”

“是啊，”斯塔克韦瑟说道，有点苦涩地笑了，“我想我闻到了一丝勒索的味道。安吉尔不是一个好人。”

“他说他在枪响后不久看到朱利安，”劳拉告诉他，“我真的害怕。一切都包围着我。我好害怕。”

斯塔克韦瑟走过去拍了拍她的肩膀。“不用怕，”他安抚道，“一切都会好起来的。”

劳拉摇摇头。“不可能的。”她哭喊道。

“我跟你说，一切都会好的。”他坚持道，轻轻地晃着她。

她有些惊奇地看着他。“我们能知道是谁杀了理查德吗？”她问道。

斯塔克韦瑟看了她一会儿没有回答，随后他走到落地窗前，凝望着花园。“你们的班尼特小姐，”他说道，“似乎很乐观积极，她知道一切答案。”

“她总是很乐观，”劳拉回答道，“但她有时候也会出错。”

斯塔克韦瑟像是看到了其他东西，突然示意劳拉过去。她跑过去，抓住他伸出的手。“我明白了，劳拉。”他兴奋地叫道，仍然望着花园，“我想是这样的！”

“是什么？”她问道。

“嘘！”他警告道。几乎同时，班尼特小姐从走廊里走进房间。“斯塔克韦瑟先生，”她匆忙地说道，“快到隔壁房间去，探长已经在那儿了。快点！”

斯塔克韦瑟和劳拉迅速离开书房，走到走廊，关上身后的门。他们一走，班尼特小姐就往花园望去，阳光渐渐黯淡下去。“现在快进来吧，贾恩。”她对他说道，“别再戏弄我了。进来，进来。”

# 第十九章

班尼特小姐示意贾恩过来，随后她走进房间，站在落地窗一侧。贾恩突然从露台出现，脸色通红，带着反抗成功的喜悦。他手里还拿着一支枪。

“贾恩，你到底是怎么搞到这支枪的？”班尼特小姐问他。

贾恩走进房间。“我以为你很聪明，不是吗本尼？”他有些挑衅地说道，“你非常聪明，把理查德所有的枪都锁在柜子里。”他朝走廊的方向抬了抬下巴示意道，“但是我找到了一把钥匙能打开枪柜。我现在有枪了，就像理查德一样。我会有很多枪，我也要开枪打点东西。”他突然举枪对准班尼特小姐，班尼特往后退了一步。“小心点，本尼。”他咯咯地笑着说道，“我可能会开枪打你噢。”

班尼特小姐说话时，尽量让自己不显得惊慌，她安抚贾恩道：

“唉，你不会做那样的事，贾恩，我知道你不会。”

贾恩继续用枪指着班尼特小姐，但过了一会儿他放下了枪。

班尼特小姐稍稍放松了一点，停顿一下后，贾恩高兴地说道：“不，我不会的。我当然不会了。”

“毕竟，你不是一个粗心的男孩。”班尼特小姐安慰道，“你现在是个男人了，不是吗？”

贾恩微笑着。他走到桌子旁，坐在椅子上。“是的，我是个男人。”他同意道，“既然理查德死了，我就是家里唯一的男人了。”

“这就是我知道你不会开枪打死我的原因，”班尼特小姐说道，“你只会开枪杀敌人。”

“是的。”贾恩高兴地叫道。

班尼特小姐措辞十分谨慎，她说：“战争期间，每当你杀一个敌人，你的枪就会留下一道刻痕。”

“这是真的吗？”贾恩回答道，检查了一下手里的枪。“真的吗？”他热切地看着班尼特小姐，“有些人的枪上有很多刻痕吗？”

“是的。”她回答道，“有些人的枪就有很多刻痕。”

贾恩笑着。“真是太有趣了！”他叫道。

“当然了，”班尼特小姐接着说，“有些人不喜欢杀生，但有些人却很喜欢。”

“理查德就喜欢。”贾恩提醒道。

“是的，理查德就喜欢。”班尼特小姐承认道。她漫不经心地转过身去，对他说：“你也喜欢，是不是，贾恩？”

这时候班尼特小姐背对着贾恩，贾恩则从口袋里掏出一把小刀，开始给枪划上一道刻痕。“杀生确实很令人兴奋。”他有些任性地说道。

班尼特小姐转过身，面对他。“你不希望理查德把你送走，对吗，贾恩？”她悄声问道。

“他说他会的。”贾恩大声反驳道，“他是野兽！”

班尼特小姐绕着贾恩坐的椅子踱步。“你曾对理查德说过，”她提醒道，“如果他要送你走，你就会杀了他。”

“是吗？”贾恩回应，似乎有些漫不经心。

“你没有杀他？”班尼特小姐问道，她的语调使得这句话变成了半个问题。

“哦，不，我没有杀他。”这次贾恩依然漠不关心。

“你真是太软弱了。”班尼特小姐说道。

此刻贾恩的眼里闪过一丝狡黠：“是吗？”

“是的，我想是的。你说要杀了他，可是却没干。”班尼特小姐在桌子四周踱步，眼睛却望着门口。“如果有人威胁要把我关起来，我就会想杀了他，也会去杀了他。”

“谁说是别人干的？”贾恩迅速反驳道，“可能就是我干的。”

“哦，不，不可能是你。”班尼特小姐轻蔑地说道，“你只是个孩子，你肯定不敢。”

贾恩从椅子上跳了起来，往后退了一步。“你以为我不敢吗？”他几乎是尖叫着喊道，“你就是这么想的吗？”

“我当然这么想了。”她现在似乎故意在嘲笑他，“你当然不敢杀理查德。你必须更加勇敢、成熟才能那么做。”

贾恩转过身去，走开了。“你什么都不知道，本尼。”他说道，听起来很伤心，“哦，不，老本尼。你什么都不知道。”

“有什么是我不知道的吗？”班尼特小姐问他，“你是在嘲笑我吗，贾恩？”她抓住机会问道，她走过去把房门稍微打开了一点。贾恩站在落地窗旁，夕阳的光线瞬时照亮整个房间。

“是的，是的，我在嘲笑你。”贾恩突然对她喊道，“我笑你，是因为我比你聪明得多。”

他转身回到房间里。班尼特小姐不由自主地一把抓住门框。贾恩向她走近一步。“我知道一些你不知道的事情。”贾恩补充道，语调更加冷静。

“你知道什么我不知道的事？”班尼特小姐问道，尽量不显得太过焦虑。

贾恩没有回答，只是神秘地笑了笑。班尼特小姐走近他。“你不打算告诉我吗？”她又问道，语气十分温柔，“难道你不相信我会保守你的秘密吗？”

贾恩从她身边走开。“我不相信任何人。”他痛苦地说道。

班尼特小姐的语气里带着疑问。“我现在怀疑，”她喃喃地说道，“我怀疑你是不是很聪明。”

贾恩笑了。“你会开始明白我有多聪明的。”他告诉她。

她好奇地注视着他。“也许有很多你的事情我都不知道。”她同意道。

“哦，有很多很多。”贾恩向她保证道，“我知道很多关于其他人的事情，但我都不会说出口。有时我在夜里爬起来，在房子里晃荡。我看到很多东西，我发现了很多东西，但都没有告诉别人。”

在充满阴谋的气氛中，班尼特小姐问道：“你现在就藏着什么大秘密吗？”

贾恩骑着凳子。“大秘密！大秘密！”他高兴地尖叫道，“你知道会害怕的。”他补充道，几乎是歇斯底里地大笑。

班尼特小姐走近他。“我会吗？我会害怕吗？”她问道，“我会害怕你吗，贾恩？”她站在贾恩面前，目不转睛地盯着他。

贾恩抬头看着她。笑脸已经消失，他声音非常严肃地回答说：“是的，你会非常害怕我。”

她继续认真地注视着他。“我还不知道你是什么样的人，”她承认道，“我才开始明白你是什么样的。”

贾恩的情绪变化越来越大。他的话越来越疯狂，他叫道：“没有人知道我的真实情况，也没人知道我能做些什么。”他在凳子上转过身去，背对她坐着。“愚蠢的理查德，就坐在那里，对着那些蠢鸟开枪。”他回过头来对班尼特小姐说，“他认为不会有人向他开枪，对吗？”

“是啊，”她回答道，“是啊，那都是他的错。”

贾恩站起来。“是的，是他的错。”他同意道，“他以为他能把我打发走是吗？我就给他点颜色瞧瞧。”

“是吗？”班尼特小姐很快问道，“你怎么对他了？”

贾恩狡猾地看了她一眼。他停顿了一下，最后说：“别指望我告诉你。”

“噢，告诉我吧，贾恩。”她恳求道。

“不！”他反驳道，从她身旁走开。他走到扶手椅旁，蜷坐在上面，用枪抵住了自己的脸颊：“不，我不会告诉任何人。”

班尼特小姐走过去对他说：“也许你是对的，”她告诉他，“也许我能猜出你做了什么，但我不会说。这将一直是你的秘密，好吗？”

“是的，这是我的秘密。”贾恩回答道。他开始有些躁动地在房间里走来走去。“没人知道我是什么样的人。”他兴奋地叫道，“我很危险。他们最好小心点。大家最好小心点。我很危险。”

班尼特小姐悲伤地看着他。“理查德不知道你有多危险。”她说道，“他一定很惊讶。”

贾恩走回扶手椅旁，朝椅面看了看。“他知道后，是很惊讶。”他同意道，“他的表情都变傻了。然后……然后他死了，他的头就垂下来，而且有血，他就不能动了。我让他瞧瞧，瞧瞧我能做什么！理查德现在不会再送我走了！”

他坐在沙发的一端，对着班尼特小姐挥舞枪，班尼特试图憋回自己的眼泪。“看，”贾恩命令道，“看，看到了吗？我的枪上有一道刻痕！”他用小刀轻敲着枪。

“是啊，你有！”班尼特小姐大声说道，走近他，“那不是很刺激吗？”她想抓住枪，但他动作更快。

“哦，不，你不要……”他一边大叫一边蹦蹦跳跳地跑开，“没人能拿走我的枪。如果警察来逮捕我，我就枪毙他们。”

“你不用这么做，”班尼特小姐向他保证道，“根本不需要。你很聪明，你太聪明了，他们不会怀疑你的。”

“愚蠢的老警察！愚蠢的老警察！”贾恩兴高采烈地喊道，“可怜的理查德。”他像是在对一个透明的理查德挥舞着枪，突然他看见门是开着的。他吓得大叫，迅速跑到花园里。托马斯探长急忙冲进房间，身后跟着卡德瓦拉德警官，只见班尼特小姐崩溃地瘫坐在沙发上，满脸是泪。

# 第二十章

“快抓住他！快！”他们跑进房间后，探长对卡德瓦拉德吼道。警官从落地窗冲出去，跑到露台上，这时斯塔克韦瑟也从走廊冲进房间，跟在他身后的是劳拉，劳拉进来后立刻跑到落地窗前往外望，随后安吉尔也出现了，他也走到落地窗前。沃里克老夫人站在门口，挺直着身板。

托马斯探长转向班尼特小姐。“好了，好了，亲爱的女士，”他安慰道，“你承受得太多了。你做得很好。”

班尼特小姐声音沙哑，回答道：“我一直都知道，”她告诉探长，“你看，我比任何人都了解贾恩。我知道理查德把他逼得太紧了，我知道……我已经知道……贾恩变得越来越危险。”

“贾恩！”劳拉喊道。她深深地叹了口气，低声说：“哦，不，不，不是贾恩。”她瘫坐在书桌后的椅子上。“我真不敢相信。”她喘着粗气说道。

沃里克老夫人怒视着班尼特小姐。“本尼，你怎么能……”她责备地看着她，“你怎么能这样？我以为至少你对我们是忠诚的。”

班尼特小姐的回答很大胆。“有时候，”她对老太太说道，“真相比忠诚更重要。你们都没有看到，贾恩已经变得很危险。他是一个可爱的男孩……一个可爱的男孩……但是……”悲伤淹没了她，她无法再继续说下去。

沃里克老夫人缓缓地走到扶手椅旁，内心悲戚，坐在那里呆呆地凝视着前方。

探长接着补充班尼特小姐未说的话：“但是当他们到了一定年龄以后，他们就会变得很危险，因为他们不知道自己在做什么。”他说道：“他们缺乏一个正常人的判断力或控制力。”他走到沃里克老夫人面前：“您不要太伤心，夫人。我想我敢保证，法律会充分考虑他的情况，会人性地对待他。因为他不能为自己的行为负责，最近就有一桩类似的案件。这意味着拘留环境会舒适些。你知道，不管怎样，很快就会进行拘留。”他转过身，走出房间，最后离开时关上了大厅的门。

“是的，是的，我知道你是对的。”沃里克夫人承认道，她转向班尼特小姐，说道：“对不起，本尼。你说没人知道他很危险。其实不对，我知道，但我却不能做任何事情。”

“必须有人来做点什么。”本尼坚决地回答道。房间里安静了下来，他们都等待着卡德瓦拉德警官将贾恩拘回来，紧张的气氛越来越浓重。

薄雾渐渐弥漫，离房子几百码远的马路一侧，卡德瓦拉德警官已经将贾恩堵进了死胡同。贾恩挥舞着枪，喊道："别过来。没人能把我关起来。我会开枪打死你。我是认真的。我才不怕你们！"

警官在离他二十英尺远的地方停住了。"过来吧，孩子，"他说道，语气温柔，"没人会伤害你的。但是枪很危险，快把它给我，然后你和我一起回家。你可以和你的家人谈谈，他们会帮你的。"

他又朝贾恩走近了几步，男孩却歇斯底里地大叫起来，他赶忙停住脚步。"我说了，我会开枪打死你。我不在乎警察。我才不怕你。"

"你当然不用怕，"警官回答道，"你没有理由害怕我。我不会伤害你的。和我一起回家吧。来吧。"他又向前走了一步，但贾恩猛地把枪一拔，迅速地开了两枪。第一枪射空了，但第二枪却打中了卡德瓦拉德的左手，他痛苦地叫了一声，但还是冲向贾恩，把他打倒在地，想把枪从他身边拿开。他们挣扎着，突然枪又响了。贾恩快速地喘息着，最后沉默地倒下。

警官惊恐地跪在他面前，难以置信地盯着他。"不，噢，不，"他喃喃地说，"可怜的傻孩子。不！你不能死。噢，上帝。"他检查了一下贾恩的脉搏，慢慢地摇了摇头。他站起来，后退了几步，这时才注意到自己的手在流血。他裹着手帕，跑回屋子，右手抱着左手臂痛得气喘吁吁。

他跑回书房的落地窗前，整个人都是摇摇晃晃的。"探长！"

他喊道。探长和其他人都跑到露台上。

“究竟发生了什么事？”探长问道。

警官回答时，呼吸变得困难：“太可怕了，我得告诉你。”斯塔克韦瑟扶着他走进房间，警官蹒跚着走到凳子处，瘫坐在上头。

探长迅速走到他旁边。“你的手！”他叫道。

“让我看看。”斯塔克韦瑟低声说道。他握住卡德瓦拉德的手臂，丢掉已经血迹斑斑的手帕，又从自己的口袋里拿出一块手帕，系在警官的手上。

“雾又来了，你看。”卡德瓦拉德开始解释，“很难看清东西。他朝我开枪。在那边，沿着路走，附近的小树林的边缘。”

劳拉站起身来，表情十分惊恐，她走到落地窗前。

“他朝我开了两次枪，”警官说道，“第二次他抓住我的手。”

班尼特小姐突然站起来，捂住自己的嘴。“我试着把枪从他身上拿开，”警官接着说，“但我的左手受伤了，你看……”

“是的。然后怎么样了？”探长催促道。

“他的手指放在扳机上，”警官喘着粗气说，“然后枪就走火了。他开枪射中了自己的心脏。他死了。”

# 第二十一章

卡德瓦拉德说完后，所有人都震惊得久久不能说话。劳拉把手放在嘴唇上，忍住叫喊，而后她慢慢地走到书桌椅坐下，盯着地板。沃里克老夫人垂下头，靠在手杖上。斯塔克韦瑟在房间里来回踱步，想分分神。

“你确定他死了？”探长问道。

“真的，”警官回答道，“可怜的小伙子，歇斯底里地对我喊叫，之后就开枪了。好像他很喜欢开枪。”

探长走到落地窗前。“他在哪儿？”

“我带你去看。”警官回答道，挣扎着站了起来。

“不用，你最好待在这儿。”

“我现在没事了，”警官坚持道，“回警局前我能支撑得住。”他走到露台上，微微摇晃着。他看着大家，脸上充满了痛苦，内心烦乱。他有些分神地喃喃道："'死亡，会带走一切噩梦。'这是蒲柏说的。亚历山大 · 蒲柏。"他摇了摇头，慢慢地走开了。

探长转过身，面对着沃里克老夫人还有其他人。"我无法用语言表达我的歉意，但也许这是最好的出路。"他说完后，跟着警官往花园走去。

沃里克老夫人目送着他离去。"最好的出路！"她叫道，半是生气半是绝望。

"是的，是的。"班尼特小姐叹了口气，"这是最好的结果。他现在不在了，可怜的孩子。"她帮忙扶沃里克老夫人起来，"来吧，亲爱的，来吧，这太让人难以承受了。"

老太太茫然地望着她。"我……我要去躺一会儿。"她喃喃地说。班尼特小姐扶着她走到门口，斯塔克韦瑟打开门，接着从衣袋里取出一封信，递给沃里克老夫人。"我想你最好把这个拿回去。"他建议道。

她转过身去，接过信封。"是啊，"她回答道，"是啊，现在不需要了。"

沃里克老夫人和班尼特小姐离开了房间。斯塔克韦瑟正要关门，看到安吉尔正往坐在书桌椅上的劳拉走去。他走近时，劳拉并没有转过身来。

"我想说，夫人，"安吉尔对她说道，"我很难过。如果有什么我能做的，您只管——"

劳拉头都没抬地打断他的话。"我们不需要你的帮助了，安吉尔。”她冷冷地告诉他，“你会拿到一张工资支票，今天就请离开这里吧。”

“好的，夫人。谢谢你，夫人。”安吉尔回答道，显然没有什么感情，随后他转身离开了房间。斯塔克韦瑟在他身后关上门。天色渐渐暗下来，最后一缕阳光照进房间，将影子都投射在墙上。

斯塔克韦瑟望着劳拉。“你不以勒索罪起诉他吗？”他问道。

“不了。”劳拉无精打采地回答道。

“太遗憾了。”他走到她面前，“这样，我想我最好还是走吧。我要说再见了。”他停顿了一下。劳拉依然没看他一眼。“不要太难过了。”他补充道。

“我很难过。”劳拉激动地回答道。

“因为你很爱那个男孩？”斯塔克韦瑟问道。

她转头看着他。“是的。因为这是我的错。你看，理查德是对的。可怜的贾恩应该被送到某个机构去。他应该被关在一个地方，这样他就不会伤害别人了。是我不让他那样做的。所以，理查德被杀都是我的错。”

“拜托了，劳拉，别这么伤感了。”斯塔克韦瑟有些粗暴地反驳道。他走近她：“理查德被杀，都是他自找的。他本可以对这个男孩展现出一点点仁慈，不是吗？你不要庸人自扰，你现在应该要快乐。像故事中说的那样，从此以后幸福快乐地生活着。”

“快乐？和朱利安？”劳拉声音里带着苦涩，“我真怀疑还有没有可能！”她皱了皱眉，“你看，现在一切都不一样了。”

“你是说你和法勒之间的关系吗？”他问道。

“是的。你看，当时我以为是朱利安杀了理查德，这对我没什么影响。我还是那样爱着他。”劳拉停顿了一下，接着说，“我甚至愿意说是我杀的人。”

“我知道。”斯塔克韦瑟说道，“你更傻。女人们总是更有自我牺牲的精神。”

“但当朱利安认为是我杀的人时，”劳拉激动地说道，“他变了。他对我的态度彻底改变了。哦，他只想做一些体面的事，他不会去揭穿我。仅此而已。”她低下头，心灰意冷，“他对我的感觉不一样了。”

斯塔克韦瑟摇了摇头。“听着，劳拉。”他喊道，“男人和女人的反应是不一样的。当涉及谋杀这种事时，男人会变得更敏感，女人则很坚强。男人不能冷静地处理这种事，而女人显然可以。事实上，如果一个男人为一个女人犯了谋杀罪，男人在女人眼中的形象就更高大了。反之，男人则有不同的感受。”

她抬头看着他。“可是你没有那种感觉，”她说，“你以为是我杀了理查德，于是帮了我。”

“这不一样，”斯塔克韦瑟回答得很快，听上去他自己甚至有一些吃惊，“我必须帮助你。”

“你为什么必须得帮助我？”劳拉问他。

斯塔克韦瑟没有直接回答她。过了一会儿，他平静地说：“我还是想帮助你。”

“你没发现吗？”劳拉转过身去，说道，“我们又回到最开始的地方了。从某种程度上说，是我杀了理查德，因为我对贾恩的事太固执了。”

斯塔克韦瑟拉来凳子，坐到她旁边。“这才是你一直在烦恼的事，对吗？”他断然道，“你发现是贾恩枪杀了理查德。但不必如此，你明白吧？如果你愿意，你可以不必那样想。”

劳拉目不转睛地盯着他。“你怎么能这么说？”她问道，“我听到……我们都听到……他承认了，他还以此吹嘘。”

“哦，是的，”斯塔克韦瑟承认道，“是的，我知道。但是你对暗示的力量又了解多少呢？你们的班尼特小姐很认真地摆布他，他整个人都激动了起来。那男孩肯定是耳根子软。就和众多青春期孩子一样，他很喜欢别人觉得他有力量。对，是的，如果喜欢的话，当一个杀手也很酷。班尼特小姐一直在引导他，然后他上当了。他认为是他开枪杀了理查德，于是就在枪上划了一道刻痕，他成了英雄！”他停顿了一下，“但实际上你不知道，甚至我们都不知道他说的是不是真的。”

“但是，看在上帝的分上，他朝警官开枪了！”劳拉告诫道。

“哦，是的，那他也只是一个潜在的杀手。”斯塔克韦瑟承认道，“很可能是他杀了理查德。但你不能肯定说是他做的。可能是……”他犹豫了一下，“可能是别人干的。”

劳拉难以置信地盯着他。“那是谁呢？”她怀疑地问道。

斯塔克韦瑟想了一会儿。“那么，也许是班尼特小姐。”他建议道，“毕竟，她很喜欢你们，她可能认为这是最好的出路。或者，其实是沃里克老夫人。甚至可能是你的男朋友朱利安，后来他假装说以为是你干的。这个聪明的举动完全把你骗过去了。”

劳拉转过身去。“你都不相信自己说的话。”她指责道，“你只是想骗我。”

斯塔克韦瑟看上去非常恼火。“我亲爱的姑娘，”他抗议道，“任何人都可能是杀死理查德的凶手。甚至是麦克格雷格。”

“麦克格雷格？”她问道，盯着他看，“但是麦克格雷格已经死了。”

“他当然死了，”斯塔克韦瑟回答道，“他一定得是死人。”他站起身来，走到沙发边。“听着，”他继续说道，“我可以拿麦克格雷格是杀手来编一个完美的犯罪案例。假设他决定杀了理查德，替他儿子报仇，”他坐到沙发扶手上，“他该怎么做？首先，他必须改变自己的性格。安排报道说他在阿拉斯加的偏远地区死亡的消息不难，当然，这需要花费一点钱和一些假证词，但是这些东西是可以搞定的。之后他改换名字，开始在其他国家工作，并且给自己一个新的人格设定。”

劳拉盯着他看了一会儿，随后离开书桌椅，坐到扶手椅上。她闭上眼睛，深吸了一口气，又睁开眼睛，看了他一眼。

斯塔克韦瑟继续他的分析。“他密切地关注着这里发生的事情，当他知道你们已经离开诺福克来到这个地方时，他制订了一份计划。他刮掉胡子，染了头发，当然还做了其他诸如此类的改变。

之后，在一个迷雾蒙蒙的夜晚，他来到这里。现在，假设事情是这样发生的。”他走过去，站在落地窗边。“比如说麦克格雷格对理查德说：‘我有枪，你也有枪。我数到三，我们一起开枪。我来找你是为了报我儿子的仇。’”

劳拉惊恐地望着他。

“你知道，”斯塔克韦瑟接着说，“我认为你的丈夫不一定有你说的那么敏捷。我有一个想法，他可能没有数到三。你说他开枪很准，但这一次他错过了，而且子弹飞到这里……”他走到露台示意道，“飞到地上本来就有很多子弹壳的花园里。但是麦克格雷格没有射偏。”斯塔克韦瑟回到房间，“他把枪落在了尸体旁，拿走了理查德的枪，从落地窗走了出去，不久后他又回来了。”

“回来了？”劳拉问道，“他为什么要回来？”

斯塔克韦瑟看了她几秒钟没有说话。而后，他深吸了一口气，问道：“你猜不出来吗？”

劳拉惊讶地看着他，摇了摇头。“不，我不知道。”她回答道。

他继续认真地注视着她。停顿一下后，他慢慢地、努力地说：“嗯，假设麦克格雷格的汽车出了故障，不能从这里脱身。那他还能做什么？只有一件事——就是到房子里去发现尸体！”

“你说得……”劳拉喘着气说道，“你说得好像你知道发生了什么事似的。”

斯塔克韦瑟再也抑制不住自己。“我当然知道，”他激动地爆发了，“你不明白吗？我就是麦克格雷格！”他向后靠在窗帘上，拼命地摇着头。

劳拉站起来，神情有些怀疑。她朝他走去，半抬起胳膊，无法全部领会他话中的意思。“你……”她低声说道，“你……”

斯塔克韦瑟慢慢走向劳拉。“我从来没想过会发生这样的事，”他告诉她，声音沙哑，充满了爱意，“我是说，看见你，却发现我很喜欢你，而且，上帝啊，这是没有希望的，毫无希望。”她盯着他，十分茫然，斯塔克韦瑟拉着她的手，吻了吻掌心。“再见，劳拉。”他粗声说道。

他快步走出落地窗，消失在雾中。劳拉跑上露台，在他身后呼喊：“等等……等等。你回来！”

薄雾环绕，布里斯托尔的雾角又响了。“回来，迈克尔，回来！”劳拉喊道。没有回应。“回来，迈克尔。”她又呼喊着，“请回来好吗！我也很喜欢你。”

她专心地倾听，却只听到汽车发动的声音。雾角继续在响，而她踉跄着倒在落地窗边，突然无法抑制地抽泣起来。

# 附 言

接下来的一章内容摘自查尔斯·奥斯本所撰写的《阿加莎写作纪实》。此书首次出版于一九八二年，一九九九年进行全面修订。这本书依照时间顺序，结合阿加莎·克里斯蒂当时的生平经历，对她的每本书及戏剧作品进行了考察分析。本章为《意外来客》这本书的源起提供了一种引人入胜的深刻见解。

# 意外来客

## 戏剧（一九五八年）

一九五八年四月十二日，《捕鼠器》在大使剧院第2239次上演，打破了伦敦戏剧上演最长时间的纪录。为纪念打破纪录，阿加莎·克里斯蒂赠送给大使剧院一个经过特别设计的捕鼠器。当然，她很高兴《捕鼠器》这出舞台剧打破了所有的纪录，因此她对自己写的一部新剧寄予了厚重的期望，并且对其评价甚高。那部新剧就是《判决》，经皮特·桑德斯亲手制作，同年五月二十二日在河岸剧院上演。但《判决》未能取得成功，仅一个月后，于六月二十一日结束演出。不过克里斯蒂很快就恢复心情，她喃喃说道："我很高兴至少《泰晤士报》对它评价不错。"之后她便开始写另一部戏，这部剧四周内便完成了，皮特·桑德斯立即将其投入制作。这部新剧便是《意外来客》，先是在布里斯托尔的竞技场剧院上演了一个星期，随后搬到了伦敦西区的女爵剧场，于八月十二日上演。接下来的十八个月里，这部剧进行了604场演出。

《意外来客》的主要内容是一起神秘的谋杀案，小说以一种客观叙述的口吻讲述这起谋杀案，因为小说的开头是在靠近海岸的南威尔士，浓雾重重，一个陌生人，题中出现的“意外来客”，将车开进了沟里，于是他来到一所房子里，发现一个女人手里拿着一把枪站着，面前是她丈夫理查德·沃里克的尸体，她承认是自己杀了他。之后这位陌生人决定帮助她，他们一起编造了一个故事，计划了一场行动。

受害者是一位需要坐轮椅的残疾人，他的性格似乎十分恼人残暴；除了他的家庭成员外，如果人们有机会的话，也有其他人可能会杀害他，其中有一位父亲，两年前他的孩子由于理查德·沃里克的粗心——也许是酒后驾驶——而死亡。随着故事的进行，一种可能性产生——劳拉·沃里克也许并没有杀死她的丈夫，她可能只是在保护别人。是弱智且有潜在危险行为的理查德·沃里克同父异母的弟弟？是即将竞选议员的劳拉的情人朱利安·法勒？是沃里克的母亲，一个知道自己活不久的坚强的老夫人？或者，情理之中，是那位被撞死的小男孩的父亲？

第一幕第二场出现了调查的警察，其中有一位尖刻精明的探长，另一位是充满诗意、经常引用济慈诗句的年轻警官。戏剧进行到第二幕和最后一幕结束时，他们确认并逮捕了真正的凶手。

或者说是这样的吗？这是一个阿加莎·克里斯蒂留下的谜，该剧的最后几行文字更加出人意料。会不会是克里斯蒂让凶手逃脱惩罚的呢？如果是这样的话，这可能是因为她认为理查德·沃里克的死是一种报应？

通过迈克尔·斯塔克韦瑟这个角色，这位“意外来客”，克里斯蒂女士做出了有趣的评断：

> 男人真的很敏感，而女人很坚强。男人不能从容应对谋杀，女人显然可以。

从受害者妻子的描述看，文中受害者的性格至少在某种程度上是根据阿加莎·克里斯蒂所熟悉的人描写的。以下是劳拉·沃里克描述她已故丈夫的一种夜间习惯：

> 之后理查德会命人打开落地窗，他就坐在这里往外看，盯着猫的眼睛，或是野兔子，或是狗，他就这样来寻找猎物。当然，最近没有什么兔子。那种病……你是怎么叫的？黏液瘤病还是什么？但他还是猎杀了很多只猫。白天他也会猎杀它们，还有鸟……一天一个女人来我们家，为村庄里的游乐会募集捐款。她走的时候，理查德朝她的左右两侧开枪，她跑得比车还快。“她狂奔的样子就像一只野兔。”他这样说道。他和我们说的时候在哈哈大笑。我还记得他说她肥胖的臀部颤抖得像果冻

一样。之后她去了警察局，那次发生了可怕的争吵。

以下是阿加莎·克里斯蒂在她的自传中对她哥哥蒙蒂的描述，生命最后的时光里，蒙蒂也是身有残疾：

> 蒙蒂的身体有所好转，结果就是他更不服管了。他烦躁不安，常拿着一支左轮手枪朝窗外射击来解闷。小商贩和来探望母亲的人都抱怨不已，蒙蒂则一点不知悔改。“有些无聊的老处女扭着屁股在路上晃来晃去，叫人难以容忍。朝她们左右各打一两枪，哎呀，她们就跑了！”……有人告了状，警察来了。

《意外来客》是一部原汁原味的克里斯蒂式戏剧，不仅是因为这部戏剧是由她自己亲自所写，而由别人根据克里斯蒂的小说或故事改编而来，更因为剧中的人物——像《蜘蛛网》中的一样，但不像《捕鼠器》或《控方证人》那样——是全新的，而不是从作者早期的作品中所抽取塑造的。事实上，这是她最好的剧本之一，它的对话既紧凑又高效，尽管情节很简练，但并不复杂。这部剧揭示了一个深刻的道理，即眼见未必为实。一九五八年版本的舞台剧主演为：蕾妮·阿舍森（劳拉·沃里克）、奈吉尔·斯托克（迈克尔·斯塔克韦瑟）和维奥莱特·法尔布拉勒（沃里克老夫人）、克里斯多夫·桑德福（贾恩·沃里克）、保罗·库兰（亨利·安吉尔）、罗伊·珀塞尔（朱利安·法勒）、威妮弗蕾德·奥顿（班尼特小姐）、迈克尔·戈登（托马斯探长）、坦尼尔·埃文斯（卡拉德瓦德警官）和菲利普·纽曼（尸体）。这出戏是由休伯特·格雷格导演的。

评论界热情高涨，许多人将新剧本的成功同之前《判决》的失败进行对比。“她上一部戏剧《判决》失败后，”《每日电讯报》的评论家写道，“人们曾提起一些问题，苏格兰场有责任调查是谁杀死了阿加莎·克里斯蒂的想象力。但是昨夜女爵剧场上演的《意外来客》将她上一部作品失败的影响一扫而空，这表明‘所谓的遗骸仍十分活跃’。她摇摇欲坠的声誉若说被埋葬显然太早了。”《卫报》结合报道评论道：“距阿加莎·克里斯蒂上一部戏被嘘下舞台仅仅只有七个星期，这位六十六岁（原文如此）的老太太昨晚大胆地踱着步回到伦敦大剧院，她的一部新侦探小说已经准备好上演。她站在舞台背后看着，脸色苍白，充满忧虑。但是这次没有嘘声，没有粗鲁的打断。最后她听到了曾给予演出长达六年的《捕鼠器》那般热烈的掌声。”

**图书在版编目（CIP）数据**

意外来客 /（英）阿加莎·克里斯蒂著；（英）查尔斯·奥斯本改编；邹文慧译．
-- 北京：新星出版社，2018.1

ISBN 978-7-5133-2908-8

Ⅰ．①意… Ⅱ．①阿… ②查… ③邹… Ⅲ．①长篇小说–英国–现代 Ⅳ．① I561.45

中国版本图书馆 CIP 数据核字（2017）第 298442 号

午夜文库
谢刚 主持

**意外来客**

（英）阿加莎·克里斯蒂 著；（英）查尔斯·奥斯本 改编；邹文慧 译

**责任编辑**：王 怡
**统筹编辑**：王 欢
**责任印制**：李珊珊
**封面插图**：宣 和
**装帧设计**：周伟伟

**出版发行**：新星出版社
**出 版 人**：马汝军
**社　　址**：北京市西城区车公庄大街丙3号楼　100044
**网　　址**：www.newstarpress.com
**电　　话**：010–88310888
**传　　真**：010–65270449
**法律顾问**：北京市岳成律师事务所

**读者服务**：010–88310811　service@newstarpress.com
**邮购地址**：北京市西城区车公庄大街丙 3 号楼　100044

**印　　刷**：北京市松源印刷有限公司
**开　　本**：910mm × 1230mm　1/32
**印　　张**：5.375
**字　　数**：68千字
**版　　次**：2018年1月第一版　2018年1月第一次印刷
**书　　号**：ISBN 978-7-5133-2908-8
**定　　价**：36.00元